LE LIEU DU TOURNOI

Yvette Wagner

LE LIEU DU TOURNOI

Roman

Editions de l'Aire

Remerciements

Ce livre a bénéficié d'une aide du Service des affaires culturelles du canton du Jura; l'autrice et l'éditeur l'en remercient.

Pour Samia, Thierry et Elsa

Michel BAKOUNINE : révolutionnaire russe né dans la région de Tver, en 1814. Mort et enterré à Berne (1876). A fait de fréquents séjours en Suisse et dans le Jura. Notamment à Sonvilier, dans le cadre de l'Internationale et de la Fédération jurassienne. S'est violemment opposé aux thèses de Karl Marx. Théoricien de l'anarchie.

Pierre KROPOTKINE : révolutionnaire russe, né à Moscou (1842-1921). Théoricien de l'anarchie. A fait, lui aussi, de fréquents séjours en Suisse et dans le Jura. Voir ses mémoires, *Autour d'une vie*.

PREMIÈRE PARTIE

« La vie m'est apparue très tôt comme un égarement divin qu'il m'incombait de corriger seul, sans l'aide de personne. »

ANTONIN MOERI

L'ÎLE INTÉRIEURE

I

« Lalie, j'ai mal à la tête ! »

Dans la longue cuisine où le jeune printemps déverse sa lumière crue, le visage de Paul se détache, blême, au-dessus de la table de chêne devant laquelle il s'est affalé.

Eulalie Jeanneret – sa taille épaisse cernée d'un tablier de coton maculé de graisse – se détourne brusquement vers l'enfant. Au-dessus des joues pomme d'api, les yeux de la cuisinière occupent d'habitude un espace restreint, souligné de plis et de replis. Mais là, en ce moment, ils semblent bien ouverts. Et parcourent sans complaisance les traits tirés du garçon :

– Tu ne me fais pas une grippe, hein ?

– Mais non. J'ai mal, là. Et puis là. Rien d'autre.

– Peut-être que tu as faim ?

Les tartines d'Eulalie sont grandes comme des battoirs. A la mesure des pains qu'elle fait cuire chaque lundi dans le four logé juste à côté de l'ancienne cheminée.

– Qu'est-ce que tu as fait ce matin ? Tu n'es pas allé fumer des saletés dans la forêt au moins ?

Paul secoue la tête. Il toussote, s'éclaircit la gorge, puis avoue :

– J'ai été... J'ai été... voir le jardin de ma mère.

Il ne dit jamais « la tombe » ou « le cimetière. » Il ne dit jamais « maman » non plus. Eulalie ne répond pas.

Entre elle et Paul, une sorte de complicité s'est établie, qui repose en partie sur le non-dit. Paul est le fils du directeur. Elle n'a aucun droit. Alors elle mesure ses gestes, surveille ses paroles. Mais une houle de révolte et d'attendrissement traverse en elle la femme tout entière. Les enfants sans mère, ça la met en colère. L'injustice la met en colère. Il est vrai qu'à quarante-huit ans Eulalie a encore ses parents. La vie est mal faite.

Sous la hotte immense – qui ne sert plus à rien – Eulalie est retournée à son potager de fonte, ourlé d'ornements de laiton qu'elle astique quotidiennement. Dès l'aube, elle arpente « sa forge », comme elle l'appelle. Et Paul, fasciné, traîne à la regarder s'activer à son fourneau, suant, soufflant. Buvant son coup de beaujolais. Peinant à rassasier les bouches ardentes du bois que Pierre-Michel Nicolet a soigneusement entreposé sous l'auvent de la maison.

Eulalie, c'est la prêtresse de la chaleur qui domestique les éléments. L'alchimiste, maîtresse des substances et des odeurs. De ses fortes mains, elle empoigne les ustensiles, soulève des marmites, fait danser à l'aide d'un crochet de fer les cercles de métal qui obturent le foyer et que commande le diamètre des casseroles. Gestes ordinaires qui se répètent mille fois dans un fracas d'atelier d'usine. Le temps, pour la cuisinière, de jeter une ou plusieurs bûches dans le foyer crépitant dont se devinent les lueurs menaçantes. Le moment que l'enfant attend, l'instant magique où jaillissent les flammes libérées, sauvages, prêtes à mordre. Et que la bête nourrit dans son ventre.

Paul a posé la tête sur la fraîcheur satinée du bois sombre. A côté du verre que vient de vider Eulalie et de la bouteille de rouge. De là, il entretient une vue oblique du plafond, dont les coins noircis s'élèvent à trois mètres et demi du sol, refuges obscurs de ses pensées éparses :

– Lalie, tu savais qu'Ottoline était née à la Terre de Feu ?

– Ma fi, non. Qui te l'a dit ?

– Elle ! Je me demande où c'est ?

– Questionne ton père ! Il y a assez de livres dans cette maison ! Dis-moi, c'est toi qui as pris une nouvelle boîte d'allumettes dans l'armoire ?

– ... on est allé brûler des souches avec Pierre-Michel.

– Encore ? Vous n'irez pas fiche le feu à la baraque, hein ? Tu sais ce que je t'ai dit ? Le Nicolet, c'est le diable !

Le feu à la baraque...

La grande bâtisse qui s'effondre au sein d'une pluie d'étincelles.

Le feu à l'écurie que fuient les chevaux fous dans un hennissement de panique et de mort, piétinant chiens et valets. Le cri déchirant des porcs pris au piège de leur étable transformée en fournaise. Et Pierre-Michel, au milieu du tumulte, qui hurle les bras levés vers les tourbillons incandescents : « C'est la fin de tout ! Un monde nouveau est arrivé ! »

Apothéose et jouissance.

Feu éternel.

La Terre de Feu.

... peut-être Ottoline est-elle un peu sorcière ?

Feu ! Ils ont fait feu sur la foule qui s'avançait vers le palais du tsar, et il y avait des corps noirs couchés, et du sang partout dans la neige.

La grande Agnès a le feu au cul.

Ça aussi, c'est Pierre-Michel qui le prétend. Et Paul, un moment, s'attarde à l'évocation de sa jeune tante dont les jupes sages recèlent peut-être un drôle de secret.

Maintenant le sucre grésille dans la bassine. Et mêle son odeur de caramel à celle du filet de fumée qui monte des plaques de métal. Là, où des morceaux minuscules détachés du papier bleu se calcinent sous forme de goudron.

« ... je n'aime pas Dieu, songe l'enfant. Il a pris ma mère. Et il a mis la sale Ruth à la place. Mais elle mourra bientôt. Parce qu'elle est vieille. C'est bien fait. »

***

« Paul ! »

« Pau – aul ! Paul-heu !... »

Les voix se relaient sur deux tons. L'une grave. L'autre criarde et acide comme groseille de juin. Puis elles rejoignent le croassement aigre des corbeaux et les premiers trilles de la mésange dans le sapin sombre. Très haut. Vers le ciel blanc.

Dressé sur la planche de bois qui tient lieu de siège de toilettes l'enfant patiente devant la fenêtre ouverte. A l'écoute des appels qui s'affaiblissent peu à peu et s'éloignent, dans la direction du jardin potager. Certain que Marie Huguenin et Eulalie Jeanneret se fatigueront vite de le chercher en vain, le garçon saute à pieds joints sur le carrelage. Ses chevilles toujours prisonnières des petits caleçons de toile qui retombent en tas sur ses chaussures.

L'air est frais. Le froid frôle le sexe court, encore humide, les fesses nues sous la longue chemise de tissu rayé gris et bleu. Et le silence retombe sur Paul. Prometteur de la paix que lui a garantie jusqu'à présent cet endroit solitaire. Là, il peut s'abandonner à lui-même. Rêver sans qu'on le réprimande. Lire impunément les albums dont l'approvisionne la grand-mère d'Ottoline. Surtout, il peut faire couler à grand jet dans le broc de cuivre l'eau que dispense le robinet installé à mi-hauteur de la cloison.

Des pantalons de drap dont il s'est débarrassé le garçon tire maintenant cinq allumettes qu'il craque maladroitement toutes ensemble. Et qu'il jette, encore enflammées, dans la lunette aménagée au centre du long rayon de sapin qui sert de WC. Il arrache ensuite, un à un, les rectangles découpés dans des journaux, lesquels, retenus par une ficelle fixée à un clou, ont été placés à portée de main de l'usager des lieux. Solennel, l'enfant élève à la hauteur du visage le papier qui flambe immédiatement. Puis il le laisse retomber en torche dans le trou sombre qui s'illumine. Et qu'il arrose aussitôt du contenu du seau plein à ras bords :

– Je te brûle, Ruth Briod. Parce que tu es méchante.

La femme en corset qui sourit sur la réclame du quotidien local se tord vilainement, noircit, puis disparaît, réduite en cendres. Balayée dans un bruit de gargouille par un flot puissant et destructeur.

Culte et sacrifice.

Magie et incantation.

– Qu'est-ce que tu fabriques dans ces cabinets ? se plaint Marie Huguenin régulièrement. Il y a une inondation chaque fois que tu y as passé ! Il me faut des heures pour les éponger !

« Tant pis pour toi ! » psalmodie Paul qui éparpille dans la cuvette les restes d'une dernière feuille en train de se consumer :

– ... je te brûle aussi, Marie Huguenin !

* * *

– Alors, camarade, elles te cherchaient ces femmes dans le jardin, cet après-midi. Pourquoi tu n'as pas répondu ?

– Je ne voulais pas aller avec Ruth, faire faire des souliers pour l'école.

La lippe boudeuse, Paul joue du pied avec les déchets de hêtre qui forment autour de Pierre-Michel Nicolet une arène de sciure. A l'abri de la remise que clôt d'un côté le mur de l'institut, l'homme fend du bois. Col ouvert, manches retroussées, il abat son travail le regard fixé sur la bûche condamnée qui éclate, sous le dernier coup, en quatre planchettes presque symétriques. Puis, sa hache plantée en équilibre sur le tranchant, en plein cœur du billot, il s'arrête un moment. Extrait de la poche de son pantalon un paquet chiffonné, y choisit une cigarette qu'il exécute en quelques bouffées distraites, comme sans plaisir. Il l'écrase ensuite, entre ses doigts calleux, crache dans ses mains et se remet à son outil sans un mot.

Peu disert généralement, Pierre-Michel ne dédaigne pas de siffloter. Des airs que personne ici ne reconnaît. Ou alors, par une hérésie qui ne semble pas le troubler beaucoup, il s'attaque parfois à la mélodie guerrière de « Roulez tambours ! » :

– ... tu vois, explique-t-il à Paul, ce ne sont pas les peuples qui veulent la guerre. Ce sont les dirigeants. Et ils se la font par imbéciles interposés ! C'est aussi pour ça que mon père était anarchiste !

Avant de s'adresser à l'enfant, le plus souvent c'est à lui-même qu'il se parle, Pierre-Michel. Par onomatopées. Par petits bouts de phrases hermétiques. Par longues tirades passionnées aussi. Stéréotypes qui reviennent, brodés sur le même canevas, adaptés chacun à une situation politique particulière... formules dites et redites, que résume une seule certitude : les rouges vaincront.

Paul écoute pieusement. Acquiesce de la tête, enregistre pêle-mêle ces images étranges, couleur pourpre. Feu et sang... Qui ouvrent dans sa vie de tous les jours des fenêtres fermées jusque-là sur des paysages que seuls les adultes semblent devoir connaître.

Parfois les yeux bleus de Pierre-Michel s'immobilisent sur le visage enfantin qui lui fait face, attentifs, froids. Sans indulgence particulière. Le bonhomme s'extériorise peu. L'exaltation qui lui est reprochée ne tient pas à ses manières, ni aux termes de son discours, la plupart du temps commun et sans relief. La méfiance qu'il inspire relève plutôt de cette espèce de force intérieure qui se devine en lui, soutenue par une conviction intime inébranlable. Une foi sans faille dans une sorte de dictature des pauvres et des simples – ceux qu'il nomme les «petits» – promis à un paradis dont les possédants seraient exclus.

Bavard et agité, Pierre-Michel ferait sourire. Renfermé et sincère, il inquiète :

– Tu comprends, dans ce pays, il y a une très forte tradition libertaire. En 71, par exemple, le père est allé au Locle à pied, écouter Bakounine. Moi, je l'ai vu une fois. J'étais gamin comme toi. Je m'en souviens très bien.

– Il était comment?

– Immense.

Un frémissement saisit Paul tout entier. Sur un croquis que lui a montré Pierre-Michel, le révolutionnaire russe – déjà âgé – étend la main dans un geste auguste, debout, la barbe en éventail, devant un auditoire attentif.

– Tu me racontes le dessin ?

– Pas maintenant.

– … qu'est-ce que ça veut dire « libertaire » ?

– C'est… aimer la liberté. C'est aussi… être libre, dans sa tête. Ne pas se laisser commander. Par qui que ce soit.

Paul ouvre la bouche. Un doute l'assaille soudain. Une question le taraude… C'est qu'il a l'air vieux, Pierre-Michel. L'enfant note la petite moustache grise et étroite, coupée trop haut au-dessus de la lèvre rose et nue qu'elle découvre, comme indécente. Les joues mal rasées que le soleil et le vent ont quadrillées de lignes profondes. Les cheveux rares, longs et blancs qui bouclent sur la nuque burinée, négligée.

… quel âge faut-il donc atteindre pour n'obéir à personne ?

***

Dans l'étroit logis que Pierre-Michel occupe audessus de la remise, la layette d'horloger a pris toute la place de la tablette de fenêtre qu'elle prolonge de son plateau de cerisier.

– Tu ne touches à rien, si tu n'as pas les doigts propres.

Paul connaît la consigne qui le corsette à la fois dans l'impatience et la contrainte. Alors il reste planté là, dans l'expectative. Les poings serrés derrière le dos, le visage avide penché au-dessus des instruments exposés en pleine lumière – comme dans un musée. Etalés au même endroit sans qu'on les ait déplacés depuis la dernière fois : pinces, marteau, brucelles, appareil à calibrer, mandrin attendent un maître qui ne viendra pas. « Moi aussi, j'avais appris le métier... le père m'avait montré », soupire parfois Pierre-Michel Nicolet, avec une pointe de nostalgie. « Mais maintenant – il se détourne vers le dehors d'où il vient – je ne peux plus tenir un burin sans trembler. Il me manque la finesse, tu vois. »

– Pierre-Michel, je peux ?

– Montre...

Le garçon présente à l'inspection deux mains que les jeux d'eau ont rosies, puis chiffonnées. Les ongles devenus blancs, le bout des doigts ridé comme peau de vieille reinette.

– Ça va. C'est bon.

La grande pièce dont Paul aime à faire lentement le tour porte le plafond bas et des cloisons de pin verni. Le plancher que Pierre-Michel récure minutieusement exhale l'encaustique. Dans l'angle opposé à la porte trône un petit lit plat au sommier de bois. Une commode de chêne, au dessus de marbre gris, soutient cruche et cuvette devant lesquelles Pierre-Michel Nicolet procède à une toilette sommaire après les efforts de la journée. Quelques photos, des coupures de presse punaisées le long des parois illustrent pour Paul le parcours hasardeux de cette vie. Balises, épaves, scories ?

Sur l'une d'elles on peut voir Joseph Nicolet et son fils, tous deux en bottes et chapkas, devant la vitrine de leur modeste commerce d'horlogerie à Saint-Pétersbourg, au début du siècle. Une autre montre Michel Bakounine assis dans un fauteuil, les bottes luisantes, la main gauche retenant une canne élégante. Dans un cadre ovale, la tête d'un homme barbu au regard serein derrière de petites lunettes rondes :

– … c'est Pierre Kropotkine. Lui aussi, il est venu dans le Vallon. Mais plus tard.

– Et puis, là ?

… un Pierre-Michel en pied. Difficile à identifier. Hilare et plastronnant, avec dans les mains un morceau de marbre clair. Une partie de chapiteau ? Un portrait flou et surexposé, duquel ressortent seuls les cheveux foncés et la bouche noire. Un phoque qui rit.

– Tu n'avais pas les mêmes dents !

– Hé non ! On vieillit, petit, on vieillit. Tu vois, ça c'était en France, en Dordogne… il y a un bout de temps. On s'était engagé pour des fouilles dans une villa romaine. Ça devait être en 1908.

De sous la commode, Pierre-Michel a retiré maintenant un carré de linoléum sur lequel il s'installe posément, en chaussettes, les jambes écartées. Puis il enlève la chemise paysanne qu'il roule soigneusement sur la chaise voisine, et se dépouille enfin du tricot de jersey qui découvre un torse trop blanc. Le grand air a tanné le visage et le cou, mais le buste a gardé les couleurs de l'hiver, comme s'il appartenait à un autre corps. L'eau ruisselle dans la vasque de faïence. Pierre-Michel y plonge la tête presque entièrement pendant qu'il renverse sur ses épaules le contenu du pot vernissé.

– Je peux prendre l'escargot?

– Je t'ai déjà dit que ce n'était pas un escargot, mais une ammonite.

– Alors, je peux? Tu l'as laissée là?

... dans le troisième tiroir de la layette, à droite.

Dans le deuxième se trouve la montre de gousset que Pierre-Michel a faite seul, autrefois, pour couronner un court apprentissage familial. Et qu'il autorise Paul à garder dans la main, jusqu'à ce que l'oignon tiédisse avec la chair de l'enfant.

– Pierre-Michel, tu crois que je pourrais faire une montre aussi, si tu m'expliques comment?

– Ah! si tu veux apprendre, il te faut aller en fabrique. Ou à l'école d'horlogerie. Plus personne ne travaille à la maison comme avant. C'est pour ça que j'ai arrêté. On n'est plus assez libre.

Le compagnon Nicolet a fini de s'essuyer vigoureusement, dessinant sur sa peau des marbrures rouges qui rejoignent les teintes plus sombres de ses avant-bras et de sa nuque basanés. Comme ça, hirsute, les pieds déchaussés, dans ses larges pantalons bouffant sous la double ceinture de cuir, il ressemble à un vieil hercule de foire, à l'affût d'un nouveau défi.

Le garçon a pris place devant l'établi, sur le tabouret rond dont le siège mobile monte et redescend grâce à une grosse vis de bois. Il s'est emparé des outils, les caresse lentement, les retourne, les soupèse. « Si tu transpires, c'est foutu. Tu rouilles, comme on dit. » Il joue. Gravement. La langue pincée entre les lèvres, un œil fixe, l'autre obturé par la loupe au travers de laquelle il ne voit que grisaille. Il a rejoint son imaginaire. Là où tout est vraisemblance sur le terrain meuble de l'intemporel. Loin du monde extérieur qui exerce sa pression au-delà des carreaux de la fenêtre, en face de lui. Un monde, dont rien ni personne ne peut enrayer la marche indifférente, limiter la démesure, atténuer les fracas. Il ne peut deviner, Paul, que la souffrance et le deuil l'ont déjà poussé aux portes du spectacle.

… sur le lieu même du tournoi.

Sans hâte, soigneusement, l'homme coupe le lard cru, en petites tranches opalines que rompt comme un filon la viande couleur lie-de-vin. Sur une planche posée à même la table, Pierre-Michel casse la croûte. Accompagnant son verre de rouge d'un morceau de pain arraché à la miche énorme que lui fait parvenir Eulalie en début de semaine :

– Tu en veux un bout ?

L'enfant refuse de la tête. Devant lui, il a déposé

la pétrification dont il suit les circonvolutions parfaites d'un doigt amoureux. Interrogatif, il pousse vers Pierre-Michel une épaisse liasse de papier d'écolier, couvert de caractères aux lettres régulières à l'encre violette :

– Qui c'est, qui a écrit ça?

– Mon père. Où l'as-tu trouvé?

– Avec la... monite. C'est des lettres?

– Fais voir.

Pierre-Michel s'essuie les doigts à ses genoux. Puis il attire vers lui le cahier dont les feuillets bruissent en s'écartant les uns des autres. Comme s'ils reprenaient vie.

– Ma foi, c'est un texte, qu'il a recopié autrefois pour des camarades.

Le temps suspendu. Les souvenirs, qui remontent comme des aigreurs. Joseph Nicolet assis, le dos tourné, courbé. Auréolé de la faible lueur du quinquet. La plume qui gratte. Poursuivant, incessante, sa marche d'insecte obstiné.

... Pierre-Michel enfant, qui se tourne et se retourne sur sa couche étroite. La voix de la mère qui appelle de l'autre chambre, lassée. «Joseph, viens donc. Laisse-le dormir!»

– Tu vois, Paul, il travaillait beaucoup trop. L'été avec la lumière du matin. Le soir, il allait à des réunions. Ou bien il mettait au propre des manifestes, des discours. Il y a laissé son sommeil.

L'émoi qui ne se maîtrise pas, qui transparaît dans des mots simples «il travaillait toute la journée » – pour le gamin que j'étais. Je sentais sa force, mais je devinais aussi son angoisse. Le souci qui l'emprisonnait comme une veste trop serrée. Sa détermination à nous vouloir apaisés, vêtus et rassasiés. Avec cette croyance naïve, absurde dans un avenir plus juste.

– Tout ça, c'est du passé. Qui parle encore de ces gens-là ? Aujourd'hui, on n'ose même plus prononcer le nom d'anarchisme ! On est socialiste ! Et on se fait élire député ! Ça ne les a pas empêchés de la faire, la guerre !

Pierre-Michel ponctue sa remarque d'un regard rapide et amer vers le grand titre bordé de noir, affiché entre les deux fenêtres que ne masque aucun rideau :

« **La Sentinelle – Jaurès assassiné** »

– Bon. Tu veux lire ça ?

– Moi ?

– Hé oui. Tu es entré en deuxième, non ? Prends le haut de la page, là.

« Pour – déter-miner – nette-ment – la posi-tion – faite à – la classe – ou-vri-ère – il faut – né-ces-sai-rement – que – nous é-tu-di-ions d'a-bord les rap-ports – e-xis-tants – entre – le travail et le – ca-pi-tal, et en-suite les con-ditions où est l'in-dus-trie – do-mi-nante dans nos – con-trées : l'hor-lo-gerie. »

Intimidé, l'enfant s'est exécuté. Mais il peine. Il ânonne, bute sur un adverbe, se reprend : le désir de plaire fait battre son sang, dessèche sa bouche.

Paul ne comprend pas ce qu'il déchiffre péniblement, mais ces mots que Pierre-Michel prononce souvent ne lui sont pas inconnus et il en devine l'esprit de revendication. En ce moment, pourtant, on dirait que l'ouvrier Nicolet ne l'écoute pas. Il mastique son pain comme s'il mâchouillait sa vie... parce que c'est là et qu'il faut bien en venir à bout. A cent lieues du garçonnet balbutiant. A cent lieues des murs qui les enserrent, l'un au début d'une traversée inexplorée, l'autre face à sa vieillesse proche.

– Je peux arrêter ?

– C'est si difficile ?

– C'est pas imprimé. Et puis, j'ai mal à la tête.

La petite figure aux pommettes mongoles s'est assombrie. Et dans le regard qui dévisage l'homme transparaît maintenant, en même temps que l'aveu d'une dévotion troublante, la quête d'une approbation... Qui remue en Pierre-Michel un vague sentiment de gêne et de compassion. « C'est bon. Ça va. »

Quand il se force à sourire, Pierre-Michel découvre une denture irrégulière de rongeur. L'incisive gauche cassée à demi, l'autre corrigée par un fil de métal de couleur indéfinie. L'or, on le met dans les montres, pas dans la bouche ! Mais les yeux restent impénétrables, pendant que seul le bas du visage se plisse :

– Allez, prends une feuille du cahier. Oui, oui, celui-là ! Je vais te dicter des mots – il y a un crayon sur la commode. Comme ça, si on te demande ce que tu viens faire ici, tu pourras dire que je te fais travailler pour l'école ! Vas-y : « tra-vail », « ca-pi-tal » – sans e. C'est le même pluriel...

* * *

Debout dans la longue chemise qui ressemble comme une jumelle à celle qu'il vient de quitter, Paul attend. Ses chaussures dans une main, dans l'autre – comme deux serpents inertes – ses longues chaussettes tricotées.

– Tu t'es lavé les mains ?

La voix d'Agnès sonne ferme, un peu indifférente. Un ton d'institutrice. La jeune fille a tiré d'un coup sec les rideaux de toile sur la nuit naissante. Puis elle s'est assise sur le lit haut et large qui était, avant le décès de sa sœur, celui des parents de Paul. Elle y dort seule, depuis deux ans. Cependant que le divan de l'enfant occupe, tout à côté, une sorte d'alcôve qui servait autrefois de penderie, dans laquelle on pénètre de plain-pied.

« Viens vers moi... » Sans un mot, Paul se précipite. Se projetant tout d'une masse vers le corps accueillant. C'est l'heure creuse du vide impossible à combler. Du manque... impossible à satisfaire. Les morts n'abandonnent comme garant de leur mémoire qu'une ombre fluide et fragmentaire. Un leurre, que ne peut recouvrir complètement l'image après laquelle s'essoufflent les vivants.

Agnès a enlevé la barrette de corne qui domestique dans la journée la crinière crêpelée qu'elle secoue avec bonheur et dont l'abondance mousseuse dissimule ses épaules jusqu'à la ceinture. Brutalement, l'enfant s'est emparé de la taille étroite, enfouissant sa tête au plus profond de l'obscure toison. Collé au flanc de la jeune femme, il ne bouge plus. Les yeux clos sur le moment fugace où sa tante et lui se rejoignent quotidiennement. Soudés dans l'angoisse et le regret de ce qui ne peut revenir, de ce qui ne peut se dire et ne peut s'effacer.

Les cheveux d'Agnès ont la couleur de la feuille rousse, la douceur animale de la fourrure. Ils exhalent une odeur de forêt, dégageant de puissants effluves, sauvages, musqués, que Paul hume avidement. Qu'il s'approprie, toutes narines ouvertes, saisi par un désir qu'il ne peut définir :

– … tu ne sens pas comme elle.

Parce que ces mots la gênent, Agnès tente de se libérer doucement : « Tu t'es lavé un peu ? » Mais les mains du garçon se resserrent autour des hanches qui se dérobent, s'agrippent à travers la manche au bras rond. Retiennent de force ce corps qui redevient étranger, tendu vers un ailleurs auquel Paul n'a pas accès.

– Va à la salle de bain maintenant.

– Pas ce soir. Toi… mets-moi au lit. J'ai mal à la tête.

– Tu dis ça chaque fois qu'on te demande de faire quelque chose qui ne te plaît pas.

– C'est pas vrai ! Reste !

Les doigts de l'enfant tirent sur la poche entrebâillée, font craquer le tissu de coton noir, découvrent le mouchoir blanc :

– Paul ! Arrête ! Tu vas tout déchirer !
– ... il y a un papier !
– Vas-tu laisser ça ! C'est à moi... Si tu ne veux pas te laver, alors va te coucher !

Le garçon bougonne, marmotte une protestation inaudible. Puis il se laisse glisser à terre, retombe assis sur la carpette. De ses poings, il entoure les mollets d'Agnès, enlace les minces chevilles habillées de gris. Et murmure, dans une ultime tentative de diversion : « Ottoline, elle prend des tubs. Qu'est-ce c'est ? »

– C'est anglais. En tous cas, elle est sûrement plus propre que toi !
– ... sa mère s'est fait couper les cheveux. A Paris. Tu vas aussi couper les tiens ?
– Non. Va au lit.
– ... tu m'as laissé le tablier ?
– Oui.
– Où ?
– Sous la couverture. Va dormir.

Agnès semble pressée tout à coup. Elle enjambe le récalcitrant sans ménagement. Se saisit de la brosse qui attend sur un guéridon. Puis, debout devant le miroir accroché au-dessus de la cheminée, elle entreprend de mater l'exubérance de sa chevelure.

* * *

Bleu à carreaux blancs, le tablier avait été oublié là, près de la fenêtre, jeté sans soin sur une chaise. Comme si la jeune mère haletante, alitée au fond de la chambre, allait le nouer autour d'elle fiévreusement une dernière fois. Pour courir au jardin ou dans la cour, vite. Ramasser quelques cerises au pied de l'arbre en gésine ou tâter le linge en train de sécher, livré à la bise estivale.

... d'autres vêtements, il n'y en avait point. Rangés sans doute, puisqu'ils n'allaient plus servir à rien. Inutiles à cette femme dont le visage cireux, les lèvres violettes et les formes amaigries, soutenues par un oreiller mafflu, annonçaient l'agonie prochaine.

Autour d'Anna B. divers objets avaient disparu ainsi, au fil des jours, selon l'évolution pernicieuse de la maladie. Les fioles de potion avaient remplacé les piles de livres. Les verres de thé, les tasses de tisane avaient peu à peu pris la place des bouquets de roses et de marguerites.

La toux grasse, le souffle court, rauque, Anna n'ouvrait plus ses yeux bruns. Comme si tout ce bruit dans sa poitrine résumait le bruit du monde réfugié en elle et lui parlait sous ses paupières abaissées.

– Elle appelle ses petits. Sans arrêt...

D'un exil à l'autre, Anna avait perdu ses prérogatives. Les clés de la maison avaient passé de sa ceinture aux poches de Ruth Briod. Ses enfants lui avaient été retirés. Emilie, placée chez ses grands-parents maternels, Paul avait été laissé aux bons soins de Lalie et de Marie Huguenin.

Quant à son mari... Les nouvelles alarmantes de cas de grippe similaires, des décès toujours plus nombreux avaient chassé Anna de la chambre conjugale que l'on avait longuement aérée, dans la chaleur pesante du mois d'août. A la frontière, les soldats mouraient comme des mouches, disait-on.

Alors on avait installé Anna dans la pièce où dormait d'habitude sa sœur Agnès, tout au bout du couloir, près de la nouvelle salle d'eau. Et maintenant, la mère de Paul achevait sa courte vie, juste un étage au-dessus. Dans un petit local inoccupé où on l'avait isolée, coupée du grand bâtiment tout bruissant du quotidien et de l'existence des autres.

Et puis un jour, en septembre… on avait pris Paul par la main. Quelqu'un. Une voix avait dit : « Viens, petit. Ta maman va mourir. Il faut lui dire adieu. »

… mourir ? Comme l'oiseau qu'il venait d'enterrer le matin même, pour jouer, avec son ami Léon ?

Paul avait cheminé vaillamment jusqu'au chevet d'Anna. Et là… c'était comme si la forêt avait pris possession de la chambre. De grandes formes sombres entouraient un espace moins obscur, plus ouvert. Et les arbres s'étaient écartés silencieusement avec respect, presque avec crainte devant celui qui, si jeune encore, allait faire connaissance avec la mort. Un homme avait interrogé : « Pensez-vous vraiment qu'elle puisse l'embrasser ? Je ne voudrais pas perdre… en même temps… la femme, et les enfants ! »

Anna sur son lit blanc.

Le sommier qui apparaît – de la grosse toile rayée, grise – sous les draps renouvelés en toute hâte. Les mains... si petites, presque enfantines et qui battent l'air au-dessus du duvet chiffonné. Dessinant un thème invisible, orchestrant une mélodie connue d'elles seules, « on lui a enlevé son alliance, elle a tellement maigri. » L'odeur fade de l'air confiné, mêlé à l'âcreté de la sueur, au cuir des chaussures et aux relents de la ferme qui imprègnent les habits.

... et soudain, une bousculade autour de Paul. De grandes jambes noires qui l'écrasent en reculant. Une exclamation étouffée. Une femme, « c'est fini, mon Dieu ! »

La même, qui murmure : « Voilà le pasteur. »

Un ventre énorme qui se penche sur le garçon, le domine et du haut duquel tombe une voix calme et sèche, comme un commandement :

– Voilà Paul, ta maman est morte. Tu ne la reverras plus. Dieu l'a reprise au ciel, près de lui. Il faudra prier pour elle.

Les mains brutales et fortes du père avaient alors soulevé l'enfant par les aisselles et l'avaient emporté loin, très loin. Au-delà de la révolte, du dénuement et du froid des corps, cependant que Paul criait, gesticulant de tous ses membres : « Je n'aime pas Dieu... je n'aime pas Dieu ! »

Le tablier, le garçon s'en était emparé au passage, comme les hirondelles happent un insecte, comme

Rex, le bouvier referme sa mâchoire énorme sur un os.

... comme on se saisit d'un drapeau sur le champ de bataille.

***

Maintenant, l'enfant s'est endormi. Le tablier roulé en boule sur la poitrine tout contre lui. Une des attaches bleues empesée de salive séchée, l'autre, sucée, tétée, mouillée, encore en bouche.

Paul dort calmement, le souffle régulier. Relié à sa mère par le cordon ombilical de coton. « Est-il si malheureux ? Et devrais-je lui montrer que je l'aime ? » Agnès soulève au-dessus du garçon assoupi la bougie qu'elle vient d'allumer. Le reflet de la faible flamme tremblote sur l'arrondi d'une joue, allonge les cils au bord des yeux fermés.

... la jeune femme pose le bougeoir à terre, fait basculer les ombres de la chambre, remonte à tâtons la couverture sur les minces épaules. Puis elle replace la lampe improvisée sur la table de nuit. Un jour, je ne serai plus là, pense-t-elle, tournée vers l'enfant. L'aime-t-elle vraiment ? Ou lui semble-t-il simplement pitoyable ? Il a tellement besoin d'elle. Elle est l'intermédiaire entre ce qui fut et ce qu'il est. Entre une petite enfance toute zébrée de soleil, et la grisaille d'aujourd'hui. Mais elle aime aussi son propre corps, attentive à ses turbulences intimes, aux appels qui montent de ses reins, de son ventre, de ses seins gonflés.

Agnès se penche au pied du divan. Fidèlement imitée par l'énorme silhouette noire qui s'agite au plafond, parodiant chacun de ses gestes. Elle plie sans bruit le pantalon jeté à terre. Confisque les deux boîtes d'allumettes qui en encombrent les poches. Repousse dans la ruelle de l'alcôve la petite charrette de bois rouge, dépositaire des trésors de Paul, d'où tombe soudain le papier arraché de sa poche par les mains fureteuses de son neveu. Il le lui a dérobé sans doute juste avant qu'elle ne sorte. Agnès hausse les épaules. A vingt-six ans, elle n'a de comptes à rendre à personne… Et puis, ce poème qui lui est destiné, elle le connaît par cœur.

« Pour Agnès, ma rêveuse. »

Les vers sont faibles. Mais les sentiments qui les ont inspirés traduisent un amour unique pour l'instant. Un amour qui la presse, l'agace, la pique et l'emporte tout à la fois.

– Tu es de nouveau sortie, ce soir.

– Paul ! J'ai cru que tu dormais !

– Je sais où tu vas.

– J'ai été corriger des copies en classe.

– C'est pas vrai.

– Tais-toi ! Dors !

Elle sait que de l'embrasser, là, vers la tempe, va l'apaiser :

– Dimanche, on ira voir Emilie.

– Elle est trop petite. Elle comprend rien.

Il se rendort, la main crispée sur le tablier, duquel sourd une odeur aigre, de linge mal lavé.

« Il faudra pourtant bien le mettre à la lessive. Une fois... » pense-t-elle.

– Toi, tu ne partiras jamais, hein ?

Il a la voix empâtée de celui qui a quitté ses rêves en marche et repart aussitôt sur les ailes du sommeil.

II

« Ce doit être par là... » Les joues rouge brique, légèrement essoufflé, Pierre-Michel fait halte dans le sentier.

– ... il y a bien deux ans que je ne suis plus venu par ici !

– Tu crois que tu vas la retrouver ?

– La retrouver, oui. Si personne n'est passé avant nous... Passe-moi ton bâton.

Paul se débarrasse de sa casquette qu'il enfourne dans la poche de sa veste. Puis il tend à son compagnon la branche de noisetier qu'il a soigneusement écorcée au sortir du village. Dans cette partie de la forêt, l'air froid, lourd d'humidité, lui a glacé les doigts. Au-dessus des marcheurs, la futaie forme une voûte compacte au travers de laquelle le ciel apparaît comme un fond de décor bleu clair, qui vire au blanc.

Pierre-Michel dépose maintenant entre deux flaques boueuses le sac à dos dans lequel il a dissimulé pelle et pioche. Puis il dispose sur une souche son veston de toile, du pain, le lard enveloppé dans un morceau de tissu écru. Et une gourde de verre, remplie au quart d'un liquide transparent :

– Bon. On y va.

L'homme quitte le chemin forestier pour pénétrer dans le sous-bois parsemé d'ail-des-ours. Et se dirige vers la base d'une courte falaise de calcaire couronnée d'arbrisseaux indigents. La truffe en arrêt, la baguette fouineuse, il s'affaire le long de la roche grise, piquetée de mousse spongieuse et de langues-de-cerf. Il respire bruyamment. Gratte la couche d'humus que recouvrent encore les feuilles de l'automne précédent, marmonne pour lui tout seul. Puis… il relève la tête, comme pour prendre la mesure d'un objet encore invisible.

Le cœur battant, les pieds douloureux, Paul observe en silence ce rituel de chasse, étrange. Presque sacré.

– Comme je me la rappelle, elle faisait bien dans les trente centimètres. Quand je l'avais vue, la pluie l'avait comme lavée.

– Je pourrai la prendre à la maison… si on la retrouve ?

– Ma foi, camarade, j'ai bien peur que tu ne sois déçu. Viens voir.

Les chaussures de Paul produisent un drôle de chuintement alors qu'il longe les restes d'une plaque de neige au pied de la paroi rocheuse. A mi-hauteur, entre deux constellations de saxiphrages, une anfractuosité ouverte comme une blessure découvre les loges d'une ammonite, éclatée sous des coups barbares :

– Regarde ! J'en étais sûr !... Au lieu de la dégager proprement – doucement – ils ont tout fait pour la desceller. Et comme ils n'arrivaient pas à la prendre, alors ils l'ont foutue en l'air.

Pierre-Michel crache par terre. Ramasse un énorme caillou qu'il lance en bas la ravine où le galet déboule, dans un bruit de branches que l'on dérange et d'herbes sèches qui se froissent. Il s'essuie ensuite le front au large bracelet de cuir qui enserre son poignet. Evitant les yeux de Paul où commencent de s'accumuler les larmes.

– Ma fi, petit, je regrette. Mais de toute façon, tu n'aurais pas pu la ramener chez toi aujourd'hui. Ça pèse des tonnes, ces machins-là. Allez, viens. On va boire un coup.

***

Pierre-Michel a sorti son Opinel. Il coupe du pain, un morceau de lard qu'il tend au garçon. Ils se sont assis un peu plus haut, en direction du sommet. Sur un tronc abandonné, à l'orée d'un pâturage.

– ... les hommes sont des sauvages. Ils ne changeront jamais.

Comme pour souligner l'aigreur de son affirmation, Nicolet crache dans les campanules autour de l'arbre mort. Il hoche la tête, se gratte le chef avec le manche du couteau, désigne de la lame un point perdu parmi les bras noirs des épicéas :

– Tu vois, ceux qui ont fait ça, ils ne savent même pas que la mer arrivait jusqu'ici, il y a… je ne sais pas, moi… des millions d'années. Ce qui les intéresse, c'est de détruire ! C'est les mêmes qui trahissent des frères, qui dénoncent des camarades. Tu ne peux faire confiance à personne.

Le regard de l'ancien horloger se voile :

– Si Michel était encore de ce monde, il pourrait t'en raconter là-dessus !

– Tu crois qu'il m'aimerait bien, Michel Bakounine ?

– Pourquoi tu dis ça ? Bien sûr… Allez, bois un « Schluck » !

Dans le flacon plat, le liquide mélangé à l'eau fraîche du ruz a pris des teintes opaques et laiteuses. Paul hésite. Puis il avale prudemment une lampée au goulot et claque de la langue :

– … ça sent comme les biscuits de Noël.

– Tu aimes ça, hein ? Bien sûr que ça sent l'anis. C'est de la bonne, celle-là.

Nicolet lâche une sorte de rire étranglé, puis éructe sans gêne. L'air tiédi verse dans ses membres – en même temps que l'alcool – une sorte de langueur, un bien-être inattendu.

A quelques pas, la tête renversée, le garçon suit le vol puissant et ouaté d'un rapace. L'oiseau plane sans bruit, à l'intérieur d'un cercle dont il connaît seul les limites. Prédateur venu d'une autre dimension, indifférent aux silhouettes minuscules qui le regardent fixement.

« C'est un aigle ?

– Non. C'est un milan. Rappelle-toi la forme de sa queue. Ça ne trompe pas.

– Quand je serai mort, j'aimerais bien être un aigle. »

Paul s'est allongé dans l'herbe drue, les genoux repliés, sa casquette sur les yeux. Sous ses paupières, la clarté de mai a tracé un ruban de feu éblouissant. Il lui arrive ainsi de consulter longuement le ciel, jusqu'à une forme de quasi-cécité, sans découvrir – malgré le désordre des nuages – autre chose qu'un grand vide :

– Pierre-Michel, elle était comment ma mère ?

– Jolie. Et je l'aimais bien.

La voix de l'adulte s'est enrouée subitement.

Le rapace a disparu. Du bois jaillissent maintenant les cris aigus de deux mésanges. Suivis par l'apparition d'une volée de geais.

– Surtout, elle était bonne. Avec les gens, mais avec les bêtes aussi... Jamais elle n'aurait mis Rex à la chaîne, comme la Briod. Un jour, il la bouffera. Ce sera bien fait. Tu vois, mon garçon, ta mère... de ce chien, elle en faisait ce qu'elle voulait.

– Je vais lui faire un bouquet !

Paul a sauté sur ses pieds. Comme mû par un ressort. Les cheveux emmêlés, les chaussettes tire-bouchonnant sur des mollets pâles et maigrichons.

– Ah ! petit, il faut laisser les fleurs où elles poussent. Anna n'aimait pas qu'on enlève les plantes à la terre. Elle avait un grand respect de tout ce qui était vivant.

Silence.

... une silhouette juvénile surgit, dans une robe grise, coupée d'un tablier bleu à carreaux blancs. Une main un peu sèche, mais tendre, se glisse sous la chemise, caresse une nuque d'enfant en sueur. «Il a chaud, mon petit garçon?» Une voix qui s'éloigne, dont Paul a de plus en plus de peine à retrouver le timbre. Un ton que Pierre-Michel, lui, reconnaîtrait entre mille : «Alors, Monsieur Nicolet, par quoi commence-t-on aujourd'hui?»

– ... elle disait toujours, *Monsieur* Nicolet.

Maintenant ils parlent de leurs morts, l'homme et l'enfant. Assis côte à côte. Ils en parlent avec simplicité. Soucieux des conventions qui régissent leurs confidences, attentifs aux sous-entendus du langage de l'autre. «Il», «elle». Michel Bakounine et sa cohorte de fidèles. Anna, partie à l'âge de vingt-huit ans.

En face, sur le versant nord de la vallée que masque le cirque des sapins au bas du pâturage, il est un cimetière de campagne. Où, sous une stèle en pierre de ce pays reposent les restes d'une très jeune femme.

– Tu lui apportes aussi des fleurs à Monsieur Bakounine?

– ... il m'arrive d'aller à Berne, oui... sur... le jardin de Monsieur Bakounine, comme tu dis.

– Quand?

– A l'anniversaire de sa mort, le 1er juillet.

– Je peux venir avec toi ?

Nicolet a extrait de la poche de son pantalon un vaste mouchoir à dessins rouges dans lequel il évacue une sorte de barrissement qui se termine en ricanement étouffé :

– Tu sais, camarade, je ne pense pas qu'on te permettrait d'aller avec un vieil ours comme moi sur la tombe d'un ancien révolutionnaire ! Et puis j'y vais à pied. Ça fait du bien. Et ça ménage le porte-monnaie.

– Je peux quand même demander ?

– Tu es un bon garçon, Paul. Mais quand je me déplace comme ça, je dors n'importe où. Il m'arrive aussi de ne pas rentrer tout de suite au Vallon. Et puis, tu as l'école.

Le visage de l'ouvrier Nicolet se referme soudain. Sur quel paysage ? Sur quel souvenir ?

Le garçon joue avec sa fronde. Harcelant de l'arme dont il se sert avec hargne, toute une colonie de corneilles croassant au faîte d'un jeune résineux. David insolent, que défient le monde et ses règles, Pierre-Michel et ses réserves.

... poussé tout en hauteur. Solide, malgré sa maigreur passagère. L'intelligence et la vie réfugiées dans ses yeux bruns étirés vers les tempes. Le même regard que sa mère. Un bel enfant...

Que ses lancers successifs ont emporté vers la lisière de la forêt et que son compagnon hèle, la langue légèrement pâteuse :

– Allez, reviens ici gamin. Et laisse piailler ces curés sur leur branche !

– C'est où la Combe Grède ?

– Par là, plus loin à droite. En haut, c'est le Chasseral. Par beau temps, tu peux voir les Alpes. (Pierre-Michel se tait un instant). Alors, quand tu regardes devant toi, c'est comme s'il n'y avait plus de frontières. Tu peux croire que tous les hommes sont frères. Tu sais seulement que plus au sud, c'est la France ou l'Italie. Il les a bien aimées, Michel... La France et l'Italie.

– Tu me donnes encore un « Schluck » ?

– Ah non ! camarade, c'est assez pour aujourd'hui. Je n'ai pas envie de me faire engueuler par la mère Jeanneret. Et puis, si tu es trop pompette, je devrai te porter. Et ça... je n'en ai plus la force.

L'ombre sévère et rouge d'Eulalie. Ses petits yeux mobiles et bons. Eulalie qui pince la bouche, vertueuse. Et laisse passer d'une voix de basse indignée : « Il raconte ce qu'il veut, hein... Il peut bien dire qu'il va à Berne, pour s'acheter des habits, ou Dieu sait quoi ! Il n'a qu'à aller à La Chaux-de-Fonds, pour ça ! Ou à Saint-Imier. Moi, je sais ce qu'il va y faire, à Berne... les hommes sont tous les mêmes. Anarchie, mon œil ! »

– Alors, qu'est-ce qu'il fait quand il se rend à Berne, Pierre-Michel, tu le sais toi, Léon ?

– Ben, il va aux putes.

– C'est quoi ?

– Je te dirai une fois. Ma mère, elle m'a expliqué. Elle a l'expérience, tu comprends. Elle dit que plus ils sont vieux, plus ils aiment ça. Mais il faut des sous.

Comme pour illustrer son information, Léon l'accompagne d'un geste des doigts dont Paul ne peut mesurer toute la crudité.

Généralement, les deux enfants se rencontrent et se parlent, chacun d'un côté de la clôture qui sépare le verger – où va jouer Paul – du potager où travaillent d'arrache-pied les pensionnaires de l'institut.

Le regard rusé et brillant sous son crâne rasé – à cause des poux – Léon distille ses connaissances pratiques au compte-gouttes. Fier du pouvoir qu'il possède sur le fils du directeur. Flatté aussi de pourvoir à ses questions et à ses besoins existentiels.

– Tu n'as jamais vu le taureau monter sur la Mirette ?

– Si...

– Ben alors... pour les gens c'est pareil.

– C'est pas vrai !

Paul, décontenancé, se laisse retomber de la barrière. Ecartant mentalement des images étranges qui l'envahissent et le troublent. Léon rit sottement :

– L'Agnès, qu'est-ce qu'elle fait d'autre, tu crois?

Piqué, Paul dévisage l'adolescent chétif dont la taille ne dépasse guère la sienne :

– Je crois rien de ça... en tous cas, moi, je ne le ferai jamais !

Dans la lumière oblique de l'après-midi finissant, Paul cligne des yeux. Il ferme l'œil gauche, puis l'ouvre de nouveau. Il ferme ensuite le droit, puis relève sa paupière aussitôt. A ses côtés, Pierre-Michel disparaît, réapparaît, redisparaît. Le décor bouge, les arbres dansent. Reflets d'une existence où tout change selon l'angle sous lequel on l'affronte. L'un prétend ceci. L'autre cela. Seule l'enfance demeure éternelle.

... tu sais ce que je t'ai dit? «Le Nicolet... c'est le diable!»

Paul jette un regard inquiet vers le démon débonnaire qui s'est laissé glisser dans l'herbe, les jambes au soleil, le dos appuyé à la rugosité du tronc. Il paraît bien inoffensif le vieil anarchiste que la douceur du temps semble avoir dépouillé de sa garde. Et puis n'aime-t-il pas les enfants plus que tout? «Ne fais confiance qu'aux petits et aux humbles, répète-t-il souvent. Ils n'ont pas les moyens du pouvoir ou du mal.» Dans cette maxime, le garçon ne reconnaît qu'un mot : «les petits»... dans lequel il se croît inclus, heureux d'être englobé dans les préoccupations de Pierre-Michel Nicolet.

– Pierre-Michel, pourquoi tu n'es pas resté en Russie?

– ... c'est une longue histoire. Le père avait cautionné avant de partir. Et puis, il a tout perdu.

– ... ses sous?

– Oui. La mère est morte ici. Il a fallu revenir. On est rentré plus pauvre que quand on est parti. S'il t'arrive une fois de signer des papiers, petit, tu boiras après! Pas avant! Compris? Allez, on va redescendre. C'est le moment de reprendre nos affaires. Je vois le « dairi » qui nous fait signe. Ouste ! Sinon on va entendre la cloche de l'Eulalie !

Deux silhouettes qui s'éloignent. Absorbées par l'obscurité qui monte de la forêt. L'une, large et trapue, à la démarche un peu hésitante, légèrement voûtée sous le poids du sac à dos. Et qui se penche vers l'autre, plus courte... si mince et sautillante :

– D'ailleurs, ce n'est pas une cloche, c'est le tocsin !

Et la voix du garçon, claire, interrogative :

– C'est quoi le tocsin, Pierre-Michel ? C'est quoi le « dairi » ?

***

Dans la cour de l'institut, entre le pont de grange et le bâtiment principal, Rex, dressé sur ses pattes s'étrangle de colère. La chaîne qui le retient le rend fou. L'échine cambrée, les membres avant battant l'air, il bave. La gueule ouverte sur des canines jaunies et un aboiement continu. C'est l'heure à laquelle on le délivre pour l'atteler à la petite charrette de bois qui amène le trop-plein de lait à la fromagerie. Mais personne jusqu'à présent ne s'est risqué à le libérer.

Debout sur le perron qui conduit à sa cuisine, Eulalie attend. Un des pans de son tablier retenu à la ceinture. Marie Huguenin s'est réfugiée dans le couloir. Un des domestiques est reparti traire à l'écurie.

Expectative, et calme vespéral.

Puis la cour s'anime d'un coup... Paul et son mentor viennent d'apparaître au détour du chemin. Eulalie se précipite, la face congestionnée, une main sur la poitrine : « c'est le moment d'arriver ». Pendant que le bouvier culbute de sa tête léonine l'enfant qui s'est élancé vers lui. Renversé, léché, terrassé, le garçon sent l'haleine lourde et chaude balayer son visage, les lèvres pendantes et humides engluer son cou. Rex joue avec le jeune corps comme il jouerait avec un chiot, alors que Paul tente maladroitement d'ouvrir le collier dont les boucles lui échappent. L'énorme bête, finalement dégagée de ses liens file maintenant droit devant elle, après un court instant de pause stupide. Butant au passage sur un bidon à lait, vide... qui roule vers la grange dans un bruit de tonnerre.

Paul se relève, une main en sang, la figure rouge. Les pantalons couverts de poussière. Un accroc au genou.

Lalie s'évente de la main. Elle sue. Exhalant en même temps que sa mauvaise humeur une forte odeur de transpiration :

– Ah ! c'est malin ! Tu tâcheras de le retrouver ton chien, maintenant. Il y a des femelles en chaleur tout en haut le village. Et puis ton père te cherche partout. Et vous (elle s'adresse à Pierre-Michel), allez voir ailleurs si j'y suis !

– Paul, ça va?

Un long jeune homme, un peu maigre, s'est approché de l'enfant. Et le retient par l'épaule. Un regard clair observe Paul avec une gravité tempérée de sympathie. C'est l'instituteur des grands. Par-dessus son costume usagé, il a gardé la blouse grise qu'il revêt pour travailler en classe. De sa poche il a sorti une enveloppe qu'il dissimule, tout en essayant d'attirer l'attention de l'enfant :

– Tu peux donner ça à ta tante?

– Elle est pas là. Elle est allée voir ma petite sœur chez les grands-parents.

– Eh bien, quand tu la verras, tu lui diras... Et puis, non. Ne lui dis rien. Je la verrai devant le temple, demain. C'est dimanche.

François Jacquat a repris sa missive. Puis il est reparti à grandes enjambées vers le bâtiment scolaire. Ses longs bras se balançant en cadence.

Par la fenêtre de la lingerie, au rez-de-chaussée, on peut apercevoir Marie Huguenin qui se bat avec son fer à repasser.

Pierre-Michel Nicolet s'est esquivé prudemment.

Lalie a regagné sa «forge».

– Je t'attends pour te changer. Tu as les pieds trempés!

Dans la cour, Paul bat le pavé, solitaire.

Paul, révélateur des passions adultes. Tiraillé, écartelé. Prisonnier de la vision que se font de lui les grandes personnes. Arraché à tous ces morceaux de lui-même que ne cessent de lui dérober les autres. Paul-le-messager. Paul-le-révolté. Paul-à-gaver. Paul-l'orphelin.

Paul, aliéné à lui-même.

***

On avait expliqué à l'enfant : « Tu sonneras. Et puis tu enlèveras ta casquette. Si c'est le pasteur qui répond, tu diras mon père vous salue bien. Si c'est Madame Schindler qui ouvre la porte, tu diras qui tu es. Et tu demanderas si tu peux jouer avec Ottoline. Tu diras aussi que tes parents remercient pour les leçons de piano. »

– … j'aime pas le piano. J'aime pas les filles.

Le regard du père s'était mis à l'orage. Ruth Briod avait pris sa voix grinçante, plus dure qu'une râpe, pour faire comprendre à Paul que ses caprices n'avaient aucune importance. Du moment que les leçons étaient gratuites, il devait être bien content. C'était une raison de plus pour accepter d'amuser une fois par semaine une gamine étrangère dont la famille avait connu la guerre.

L'estomac noué, prêt à tous les affrontements, Paul avait tiré la poignée de fer forgé. Une sonnette extérieure, reliée par une tige de métal à la grande maison triste et grise, bâtie en bordure de la place du village.

Il y avait eu le bruit de la clé que l'on tourne dans la serrure. L'angoisse, devant l'huis qui s'entr'ouvre sur l'inconnu. L'imprévisible… une fillette aux yeux étranges, presque violets, qui fronçait d'épais sourcils noirs sous une cascade blond cendré. Il pensa : « Elle a des cheveux partout. » Une frange, frisottant sur le haut du visage, cachait un front que l'on devinait bombé. Un déluge doré, retenu par un large ruban rose, dévalait le dos d'un sarrau couleur ciel, à col de dentelle.

– C'est toi, «Paul»? Grand-mère t'attend. Je vais te conduire.

Caverneux, sombre, le vestibule semblait ne recéler que le vide. Aucune silhouette suspecte – ou pastorale – ne se mouvait le long de l'escalier dont les marches s'estompaient en montant vers une profonde obscurité. Rassuré, Paul suivit les deux mollets crochetés de blanc qui le précédaient, et qui se retournèrent, abruptement, pour déclarer :

– Grand-mère dit que tu peux me tutoyer. Mais il faut ôter ta casquette.

Dans une grande chambre, une femme était assise sur un tabouret d'acajou. Le pied posé sur l'une des pédales d'un piano immense, arrimé entre deux hautes fenêtres qui donnaient sur la rue. La sonorité de l'accord plaqué, achevé, palpitait encore dans le calme de la maison. Comme un oiseau fragile, vibrant dans les hauteurs du plafond.

– Je t'ai vu arriver, Paul.

Une main ouverte et pâle s'était tendue vers le garçon. Une bouche rouge avait souri sur des dents brillantes – où était la grand-mère ? La courte chevelure de Madame Schindler s'étageait en ondulations régulières de chaque côté de ses tempes. « Nous ne nous connaissons pas encore, n'est-ce pas ? »

– N… non.

– Eh bien, nous allons faire connaissance pendant qu'Ottoline montera chez le pasteur pour ses devoirs de latin. Après, nous prendrons le thé.

Elle prononçait « haute laine » pour Ottoline. Un drôle de prénom pour une drôle de petite fille. « C'est celui de ma marraine. Tu sais, Lady Ottoline Morrell, la sœur du duc de Portland. »

Maud Schindler avait pris Paul par le coude et l'avait installé fermement devant le clavier.

– Tape une note. Bien… ça, c'est le do. Tu es venu à pied jusqu'ici ? Tu as mis combien de temps ? Une demi-heure ? Plus…

– … je ne sais pas.

Eperdu d'émotion, Paul ne savait plus rien. Sinon qu'il se débattait dans un maelström de contradictions. Qu'il luttait contre un sentiment puissant de perdition. Cette femme sentait le parfum… Il éprouvait la tiédeur de ses bras autour de ses épaules, alors qu'elle poussait le siège près de l'instrument pour que la position soit confortable. Une joue rosie de fard frôlait la sienne, chaude, telle une pomme sortie du four. Comme il se sentait désarmé, Paul, devant la douceur et cette assurance tranquille. La mort d'Anna l'avait endurci… mais ne l'avait aguerri que contre l'agressivité, l'indifférence et les claques.

A partir de là, il retourna fidèlement dans la maison du pasteur, chaque jeudi que compta la fin de l'année 1919 et le début de 1920.

III

Avril s'est achevé.

Mai arrive dans quinze jours à son terme. Voilà plusieurs matins maintenant que le soleil violente les tulipes courant le long du mur de la maison et force leurs corolles, rouges comme des bouches. Accoté à la façade terne, le cytise fait des effets de branches, noie le crépi poussiéreux sous sa splendeur jaune et luxuriante. La vie végétale éclate de partout sous le ciel tiède, donnant au vert de la pelouse l'opulence d'un pelage épais et élastique.

Du fauteuil où elle est assise, Maud Schindler aperçoit le jardin. Mais elle ne peut voir les enfants. Alors, elle les imagine, tels que les lui restitue le bavardage qui vient de la pièce voisine. Paul, allongé sur le parquet, le nez dans un dictionnaire. Ottoline à genoux, le séant sur les talons, tirant avec application sur les cheveux blondasses d'une poupée délavée.

Haut et pointu, le verbe de la fillette domine la conversation, inquisiteur comme sa curiosité :

– Qu'est-ce que tu feras quand tu seras grand?

Mutisme. Introspection.

Paul réfléchit : «… je ne sais pas.» Il prend ses distances. «Peut-être que je serai horloger. Ou bien footballeur.» Puis il se lance :

– Ou alors, je serai anarchiste!

Maud se prend à sourire pour elle-même.

– C'est quoi, un anarchiste?

– Un homme. Qui ne veut pas être commandé. Par personne. Il aime pas les rois. Alors, des fois il tue les gens quand ils sont méchants avec le peuple.

– Tu dis ça pour me faire peur?

– Non, c'est vrai. La guerre, elle a commencé comme ça. C'est Pierre-Michel qui m'a expliqué.

– Grand-mère dit qu'il invente n'importe quoi. Tu crois… qu'il a déjà tué quelqu'un?

– Je ne sais pas. Peut-être?

Attentives à l'énormité du mystère que recouvre l'interrogation, les jeunes voix se taisent. A cet âge, la mort fait partie des histoires et des contes, dont elle représente un épisode exemplaire, au même titre que l'arrivée du dragon ou la métamorphose de la citrouille. Elle sanctionne les méchants. Elle récompense les bons dont elle envoie les âmes goûter la paix dans ses célestes nébuleuses.

«… rien à voir avec la déchirure qui a privé Paul de sa mère, à l'âge de six ans.»

Maud promène son regard sur les meubles et les bibelots qui occupent son décor familier depuis quelques mois. Le Steinway géant. La tête de Bouddha khmer ramenée de Cochinchine par son fils diplomate. Le canapé de rotin. Trois étagères bourrées de livres.

Objets. En consigne sur les rayons d'une existence fragmentée. Que fera-t-elle de tout cela, Maud Schindler, une fois refermée cette parenthèse jurassienne ? Il y a si longtemps qu'elle ne se sent bien nulle part. Sans doute retrouvera-t-elle le modeste cottage du Kent où le temps se passe... entre les souvenirs de Fred Schindler son mari, les partitions de Schumann et l'éducation d'Ottoline que lui abandonnent régulièrement des parents mondains et voyageurs. « Surtout, ne lui parlez exclusivement que le français ! » lui recommandait-on avant chaque départ pour la Chine, la Patagonie ou les Monts de la Lune.

Il y a six ans, les événements du 4 août 1914 sont venus chambouler ce beau programme. Après l'exil dans la grasse campagne anglaise, le vide dans les familles. Les disparus... au champ d'honneur. Au champ d'horreur.

– Tu sais, mon oncle James, il n'avait plus de tête quand il est mort, en Belgique, pendant la guerre.

– Comment tu le sais ?

– J'ai écouté... Les grandes personnes.

– Pierre-Michel m'a dit que dans les tranchées, il y avait de la boue... De la boue... Et puis des bras et des jambes qui étaient à personne.

Maud soupire... L'oncle James. Le frère de sa bru. Un garçon tellement fragile et qu'elle a si peu connu. Des yeux de femme. Tout le haut du corps emporté par un fragment d'obus en août 1917. Un excellent musicien. *My dear brother*, murmurait Virginie Schindler avec un sourire ambigu. Maintenant, c'est elle qui court les salons français pour écouter Erik Satie, pendant qu'Ottoline prend « un bol d'air dans les montagnes suisses » :

– L'oncle de mon mari est pasteur, là-bas.

Maud se laisse aller dans le fauteuil, elle n'a jamais aimé l'épouse anglaise de son fils.

« Paul, c'est l'heure !

– Déjà ? »

Les enfants apparaissent dans le cadre de la porte ouverte. Ottoline rechigne. Elle fait la moue. Elle accepte difficilement que la vie des autres bouscule le cours de la sienne.

A huit ans, bientôt neuf, Paul dépasse de la tête la fillette son aînée. Entre ses doigts, il pétrit une casquette informe qu'il traîne toujours avec lui. Ses pieds, engoncés dans des chaussettes beiges tricotées à la main se perdent dans de hautes bottines au cuir craquelé. Sous la mèche de cheveux bruns et raides, il observe Madame Schindler sans aménité. Elle ne l'a jamais vu rire. « Dans deux mois nous ne serons plus là. Comment prendra-t-il ce départ ? »

– Paul, il est cinq heures bientôt. Tu vas te faire attraper.

– J'ai pas envie de rentrer.

– Je sais. Mais je suis obligée de te renvoyer. Sinon on ne te laissera plus revenir ici.

Elle l'aide à enfiler une sorte de jaquette taillée

visiblement dans une des vestes du père. Retire très vite le bras dont elle aurait souhaité lui entourer les épaules. « Ne pas le toucher, il ne m'est rien. Et pourtant... »

Ottoline danse d'un pied sur l'autre. Elle s'inquiète, minaude :

– Tu vas où, maintenant ?

Du menton, Paul désigne un point invisible au-delà des carreaux, au travers desquels on entrevoit un pan de montagne noire :

– A la maison.

– Et après ?

– A la laiterie. Amener les boilles avec la Mirza.

– C'est un nouveau chien ?

– Non. Mais Rex s'est sauvé la semaine passée.

– Je peux venir avec toi ?

– Non.

Il tend une main rêche. Ses yeux enfoncés au-dessus des pommettes asiates sont restés tristes et sérieux. Il avale à moitié un « au revoir » hâtif. Tue l'élan qui allait le jeter au cou de Maud. Puis s'en va en courant sans se retourner. Il n'a pas touché au goûter. Il ne sait pas tenir une tranche de cake sans qu'elle ne se rompe et ne fasse des miettes.

Ottoline s'appuie à la taille de sa grand-mère. Se faufile de la tête sous le bras chaud et protecteur :

– Grand-mère, vous croyez qu'il nous aime ?

– Quelle importance cela a-t-il, Ottoline ?

– Il m'a dit que les Anglais voulaient tout bouffer.

– ... c'est un peu vrai, ma chérie.

– Qu'est-ce que ça veut dire ?

– Je te l'expliquerai en soupant.

Maud sait déjà qu'elle n'en fera rien. Parce que ce n'est pas le genre de leçons dont son fils serait heureux qu'elle dispensât à la fillette. Et parce que les phrases toutes faites que Pierre-Michel Nicolet lance à la face de la société, par le truchement d'un enfant crédule, l'agacent prodigieusement.

Du perron où elle a accompagné Paul, Maud jette un coup d'œil affectueux aux branches torses et sombres de la glycine que dissimule déjà une floraison de grappes mauves et odorantes. Puis elle referme la porte sur l'été timide qui s'annonce, sans heurts, en cette fin de printemps 1920.

«... que je suis heureuse d'avoir fait déjà tout ce chemin et d'avoir soixante ans ! »

***

La haute fenêtre est ouverte sur le vide. Un vide sans passé, ni présent, duquel monte parfois un bruit... Les sabots des chevaux qui martèlent la cour, avant de s'arrêter à l'abreuvoir adossé à côté de la porte des écuries. Le sifflement du merle qui n'en finit pas de flûter, perché quelque part hors du rectangle bleu que dessine le châssis de la croisée. En équilibre entre le dehors et le dedans, la vie s'est concentrée dans la pomme que les dents de Paul ont marquée de quatre sillons plats, larges comme ses incisives. La bouche emplie de la saveur aigrelette du fruit, l'enfant a creusé peu à peu une caverne jusqu'aux pépins bruns et luisants. Puis il a refermé sa paume sur le trognon dont il a recraché les éléments durs et presque transparents.

Dans un coin de la longue table étroite, matelassée de flanelle et de coton bruni par le va-et-vient des fers, le garçon a étalé le contenu de son sac d'écolier. L'ardoise noire, la petite éponge jaune qui cède sous les doigts, un peu rêche et crayeuse. Le cahier, dans lequel s'additionnent ou se partagent quatre et quatre, neuf et six, seize et trente-deux. Sur un meuble d'appui, les cols du père s'entassent, empesés, arrondis en croissants. Dressés comme des ressorts aux côtés des chemises blanches qu'Emile B. met solennellement chaque dimanche.

Dans le couloir qui donne sur la lingerie, Eulalie et Marie Huguenin parlent fort. Paul les entend par bribes qui s'esclaffent, entrecoupent leur dialogue de petits rires, parfois même d'un «nom de bleu» bien senti. Tout enveloppées du parfum de linge frais, séché au soleil de juin, elles plient les draps qu'elles ont ramenés du verger. Les mains crispées aux quatre coins de la toile écrue qu'elles tirent chacune à soi, elles luttent, dans une sorte de jeu auquel Marie perd chaque fois. Attirée inévitablement vers sa partenaire par la poigne vigoureuse de la cuisinière.

– ... vous alors, vous avez une sacrée force!

Ces dames se vouvoient. Elles ne viennent pas du même village. Ce ne sont pas des amies non plus. Elles vivent simplement des existences parallèles sous le même toit. Existences que balisent les jours de la semaine et les devoirs qui en découlent.

Eulalie vient de France. « De l'autre côté... », comme on dit ici. Toute la guerre, elle l'a vécue dans l'angoisse des nouvelles qui n'arrivent qu'irrégulièrement. Dans le souci de la ferme laissée au soin des femmes, du domaine livré aux caprices des saisons. Inquiétudes qui refont surface sous forme de confidences brèves, « parce que tout est fini » justement.

– Chez nous, en 17, ils ont dû noyer une partie des porcs. Il y en avait trop. Et plus assez de monde pour s'en occuper.

– Noyer les porcs ?

Marie Huguenin s'indigne. Elle ouvre des yeux ronds sous son chignon indigent. Le rôti dominical atteint soudain aux dimensions du sacré devant le drame sacrilège.

– Eh oui, quoi. Mon frère était dans la Somme. Moi, ici. Mes parents n'étaient guère valides. Alors, qu'est-ce qu'elle pouvait faire ma belle-sœur, avec les trois filles, hein ?

Eulalie hoche la tête. Pour une fois, les hommes avant les bêtes. Au moins dans ce cas-là.

Maintenant les deux femmes pénètrent dans le local. Leurs bras nus tendus sur le panier qu'elles portent, déjetées, le menton en avant retenant l'imposant tas de lessive. Marie dépose sa charge sur la table, avec un « ha... » de lassitude que répète le craquement de l'osier, comme si celui-ci se tassait en même temps que celle-là. Eulalie case son fardeau à terre, à côté de la chaise de Paul. « Alors, elle est bonne cette pomme ? Il faut les finir avant qu'il y ait les nouvelles. » Elle se tourne vers Marie :

– C'est tout pour aujourd'hui ?

… puis elle se penche par-dessus la table :

– Toujours rien ?

– Non. Venez voir.

Elles se rejoignent devant les portes ouvertes de l'armoire de sapin, toute repeinte en faux-bois. Des rayons, elles ressortent une à une de petites piles de tissu clair, qui ressemblent à des torchons soigneusement pliés. « Des pattes », comme Marie les appelle. Elles les comptent, les recomptent à mi-voix. Elles chuchotent, le dos tourné aux trois quarts, comme si Paul ne devait pas entendre.

… mais l'enfant rêvasse, indifférent, engourdi par la chaleur environnante.

Un mot saute parfois, plus haut que les autres.

– … elle est folle !

Puis le ton s'abaisse de nouveau, laisse passer un soupir. Un silence incompréhensif. « Pour une institutrice, elle devrait savoir, quand même ! » Un instant, la complicité de leur sexe unit Eulalie et Marie. Elles s'interrogent, debout devant la table où les attend leur tâche subalterne. Leur désappointement s'étonne. Leur déception s'appuie sur des décennies de douleur. Dans les flancs, dans les âmes. Au-delà de l'inconséquence de l'amour – auquel elles ne croient plus guère – se profilent les ombres de leurs mères, le devoir nocturne, la désillusion de la chair, la résignation presque animale. Le sang noir qui bat dans les reins et que relâchent régulièrement – pour combien de temps encore ? – leurs ventres vieillissants.

– Qu'est-ce qu'elle croit, marmonne Marie Huguenin. Qu'il va la marier ? Les parents ne seront jamais d'accord. Il est catholique.

– Alors pourquoi il est venu travailler ici ?

– … remplaçant. Il a commencé à la fin de la mob. Jusque-là il avait été malade… Sanatorium.

– … ah !…

Eulalie s'est laissée tomber sur une chaise. Ses jambes écartées sous sa lourde jupe de drap, les mains posées comme des fleurs rouges sur ses genoux. Elle regarde travailler sa collègue d'un œil vague – à chacune sa corvée… Marie Huguenin humidifie le linge trop sec que le fer ne maîtrise pas. Le pouce vissé au col de la bouteille de verre remplie d'eau qu'elle tient la tête en bas, elle laisse passer parcimonieusement quelques gouttes sous le doigt qu'elle déplace prudemment. Puis elle secoue le récipient dont le liquide s'écrase en taches larges et sombres sur le linge qui s'affaisse, peu à peu.

Paul rit : « Il pleut ! » Eulalie le ramène à ses réalités :

– Tu as fini tes devoirs ?

L'enfant dit oui de la tête, recrache sous la table un des pépins qu'il a gardé en bouche. Marie Huguenin pousse des cris de putois :

– Tu es un cochon ! Vous avez vu ce qu'il a fait ? Tu vas ramasser ça tout de suite ! Je ne suis pas ta bonne !

– Laissez ! je m'en occupe...

Eulalie Jeanneret s'est levée. L'heure approche pour elle de rejoindre ses casseroles. Elle passe une main indécise au-dessus des cheveux de Paul, Paul qui a laissé glisser la tête entre ses bras allongés sur la table :

– Tu as mal à la tête ?

– Un petit peu.

L'enfant reste sur son quant-à-soi, prudent. Même s'il a pris conscience depuis longtemps de la somme de tendresse que réserve la cuisinière à l'ombre de son corps généreux. Un vaste corps, chaud et mou, qui sent toujours un peu le chocolat et l'huile recuite. Dans lequel il aimerait s'enfoncer, pénétrer, comme dans une couette. Et puis, le cœur et les sens apaisés, fermer les yeux. Et dormir.

... mais Lalie, c'est aussi la rigueur et la vérité. L'inquisition et le rejet.

– Lalie, qu'est-ce que c'est « le dairi » ?

– Ha ! Revoilà *Monsieur* Nicolet ! Il y a longtemps qu'on n'en avait plus parlé de celui-là. Tu veux savoir ce que c'est « le dairi » ? Eh bien, c'est l'âne que *Monsieur* Nicolet voit dans le miroir quand il a trop bu. Voilà !

– C'est pas vrai.

Paul grognonne. Eulalie ramasse les plis de sa jupe d'un air offensé. Y efface une tache imaginaire. Marie Huguenin étudie la semelle de son fer, la tête penchée. Faussement absorbée. D'elle, on ne voit plus qu'une touffe maigre de cheveux poivre et sel, regroupés en pelote. Et deux avant-bras osseux, que de grosses veines sillonnent comme des cordes. Elle ricane :

– Quand même, j'aimerais bien savoir pourquoi ils vont faire « ça » dans la chambre où elle est morte !

Lalie hausse ses fortes épaules. Passe la porte :

– Y a plus de pudeur, c'est tout.

Son tricot est resté sur un rayon de l'armoire béante. Une chaussette inachevée. Le talon bâillant, ouvert sur quatre aiguilles.

Du dehors monte la voix des pensionnaires qui rentrent des pommes de terre. La marche rythmée par les paroles d'un chant guerrier.

«… au feu je marche sans effroi, car ma mère a prié pour moi.

«… sans alarmes, vite aux armes… »

Paul n'a pas bougé. Marie Huguenin lisse du plat de la main la toile rugueuse des serviettes, polit des songes informulés qu'un physique disgracieux l'a toujours retenue de mener à bien.

C'est vrai qu'il n'y a plus de pudeur. Mais il n'y a guère d'amour non plus.

***

Dans la chambre où elle est morte…

Paul n'y est jamais retourné. Non qu'on le lui ait interdit. Mais depuis deux ans bientôt qu'Anna a disparu, les pas de l'enfant dans la grande maison l'ont porté plus naturellement vers le bas – la cour, les cris, la vie… – que vers le haut. La volée sombre des escaliers qui mènent aux mansardes. Le couloir triste du deuxième étage. Le local dépouillé où il a vu Anna pour la dernière fois.

Ce n'est pas le désir qui manque pourtant. Il en rêve même, dans le besoin obsessionnel de se glisser le soir dans les draps de sa mère. De s'allonger contre ses jambes, contre son ventre. De se frayer une place dans la tiédeur de ses bras, à l'insu du grand corps massif, endormi à ses côtés.

L'élan est si fort parfois qu'il semble à l'enfant éprouver la présence d'Anna. Présence subtile, qui défie sa mémoire. Toutes ces portions d'elle qu'il n'arrive plus à mettre ensemble, comme un puzzle qui se défait sans cesse. Ses mains, ses yeux, sa joue… son odeur qu'il s'obstine à rechercher dans les plis du tablier bleu.

Sait-il seulement, Paul, qu'il vit deux vies ? Une vie diurne, qui le distrait de cet appel criant en lui. Et l'autre, celle des heures nocturnes où, couché dans la pièce où ont vécu ses parents, il ferme les paupières. Enfonce de ses poings durs ses globes oculaires dans leurs orbites. Pour mieux entendre… une voix, qui murmure, mais qu'il ne comprend pas. Un tambour bat à ses tempes. Des éclairs éclatent, qui le forcent à rouvrir les yeux. Il se retrouve seul alors, abandonné à lui-même dans l'obscurité. Les rideaux de toile découpent une tranche plus claire sur le ciel collé aux carreaux. Le bruit de l'eau qui coule dans la fontaine renaît comme s'il s'était tu. Un meuglement assourdi monte de l'étable proche.

«… Agnès?»

Paul repousse l'épais duvet qu'on lui impose même l'été. Il tend une oreille inquiète. A l'affût de la respiration égale qui confirme à travers le silence la présence de la jeune femme.

Agnès n'est pas là.

Paul s'assied sur le bord du divan, indécis. Il se lève. Trébuche de ses pieds nus sur la carpette. Tâte de ses mains le rebord du lit où dort sa tante. La couverture de coton est restée tendue, solidement coincée entre le matelas dur et le haut sommier.

Rien dans la tranquillité ambiante n'indique l'heure. Tout dans l'immense bâtiment repose, comme dans une caverne où se sont tapis aux aguets des monstres fabuleux. Dans sa gorge serrée, Paul sent se former une boule qui grandit.

… et si Agnès était partie? Pour de vrai?

L'angoisse naît aussitôt. S'épanouit. Comme ces peurs qui ne fleurissent que dans l'irréalité maléfique de la nuit. Les yeux écarquillés, le garçon fouille sans voir dans la petite charrette de bois où sont amassés les objets familiers qu'il y recueille. Plus de bougies. Pas d'allumettes. Sinon, dans la poche de son pantalon, la boîte – presque vide – qu'il a subtilisée cet après-midi dans l'armoire d'Eulalie.

Reconnaissance tactile des lieux. La chaise devant soi. La table, le bouton de la porte. Sortir de la chambre. Le carrelage du couloir offre sa fraîcheur de pierre à la plante des pieds qui s'y colle, puis s'en arrache à chaque pas.

Aucun bruit étranger. Mais le cœur de l'enfant, seulement... Vacarme étourdissant et silencieux que se renvoient, semble-t-il, murs et fenêtres, portes et plafond comme un écho, alors que Paul avance, le trac fiché en lui. Un espoir fou... irraisonné, puissant, a pris possession de tout son être, le poussant irrésistiblement vers l'étage supérieur.

Et si sa mère vivait encore ?

Et qu'elle l'attende, soir après soir, soignée en secret par Agnès ? Qu'ils se soient tous trompés. Le pasteur, Pierre-Michel, Lalie, le père lui-même ?

Paul monte l'escalier, le souffle retenu, puis haletant. La main crispée sur la rampe de métal froid. Vite. Vite. Toujours plus vite.

... s'arrête à mi-chemin...

Et s'ils avaient menti, au contraire ? Qu'ils aient caché sa mère à l'enfant ? Exprès ! Pour le punir, lui !

... mais la tombe au cimetière, alors ? Le jardin d'Anna que Paul a l'autorisation de fleurir à son gré ? La petite Emilie qui ne sait rien. Jamais rien. Même pas prononcer le mot « Maman ». Ils étaient pourtant, Paul et elle, ce qu'Anna possédait de plus cher. Elle le lui avait confié.

... l'histoire ! L'histoire qu'elle lui avait racontée alors qu'elle était déjà malade : deux petits enfants dont leur mère disait en les présentant : « Voilà, ce sont eux mes vrais bijoux ! »

Paul atteint le sommet des marches, les yeux hallucinés. Une lueur bouge là-bas... des ombres s'agitent. Des voix bourdonnent.

Les lames du plancher gémissent sous l'impulsion de jeunes jambes impatientes qui se hâtent soudain, pour courir vers le port, vers le hâvre, vers la tendresse retrouvée. Vers l'amour, enfin.

Mais cet amour-là n'a inventé que le désir et le désordre. Les soupirs, l'émoi et la tyrannie.

* * *

Dans la luxuriance des cheveux défaits que la lampe à pétrole auréole d'orangé, une main d'homme passe et repasse.

L'obscurité qui a gommé les limites de la chambre ampute les corps, avale un membre, découpe un bras. Partage avec la faible lumière les muscles d'une jambe, épouse le tracé d'une cuisse.

La main va, disparaît, revient. Se perd dans les méandres des formes. S'accorde au doux roucoulement qui halète et l'accompagne.

Le lit dans lequel Anna s'est éteinte est devenu le champ de la nécessité. Le lieu d'une quête qui affole Agnès. Depuis quelques mois, sa chair soudain s'est mise à parler un autre langage que son esprit. L'un n'en finit pas de s'attarder au long de rêveries adolescentes. L'autre quémande et se soumet au rythme d'un sang mûr et bouillant.

Pourquoi?

Pourquoi lui, surtout?

Cet homme jeune, penché vers elle et dans lequel – une fois les corps séparés et indifférents – Agnès n'entrevoit rien que de très ordinaire?

Elle dévisage François Jacquat. Comme si elle le découvrait à l'instant. Allongé sur le côté, une jambe repliée sur lui, par une sorte de pudeur qui le quitte rarement, il attend. Nu et inquiet. Le pouls bat très fort à la base de son cou, sous l'épiderme un peu granuleux et imberbe. Le reflet de la lampe accentue son nez busqué, souligne les cils courts et trop blonds qui ourlent ses paupières. Qu'a-t-il de commun avec ce collègue passionné qui transmet hâtivement billets et poèmes à Agnès quand elle le croise dans les couloirs, les yeux fous et les mains moites ? En dépouillant le costume, il a réduit le mystère.

Ni beau, ni laid. Présent au bon moment, voilà tout.

La jeune femme se laisse aller sur la grosse toile rayée de gris et de blanc. Elle s'étire... Pas de draps. Le luxe, ici, ne réside pas dans le décor. Tout au plus dans les rapports de force. Agnès se recouvre maintenant de sa jupe étalée qu'elle étire n'importe comment et d'où jaillissent – en étoile – ses bras pleins et ses jambes lisses.

La grande main masculine a repris son va-et-vient. Limitant ses audaces à la peau visible et apparemment offerte. Agnès s'en agace. Lève un doigt attentif :

– ... écoute !... Tu n'entends rien ?

– Non. Rien.

– On aurait dû fermer la porte. Comme les autres soirs.

– Il n'y a personne. Ils sont tous endormis.

– Baisse la lumière.

Le jeune homme saute du lit, docile, le dos courbé. Comme gêné par l'incongruité de sa nudité qui lui fait la poitrine maigre et les épaules étroites. Il se sait observé. Se sent gauche, un peu ridicule. Il s'empare de sa blouse d'instituteur, la revêt rapidement. Puis il abaisse la mèche qui diffuse une lumière jaune dans la pièce à l'ameublement réduit : une commode de pin, le sommier massif et son matelas avachi. Une chaise au cannage échevelé. Des volets, tirés le plus souvent... La garçonnière idéale, plaisantait Agnès, au temps des premières rencontres.

Le prétexte aussi d'exorciser le souvenir d'Anna, en défiant la mort dans les gestes de l'amour.

Ce soir, pourtant, Agnès ne rit plus. Une angoisse, nouvelle, s'est saisie d'elle tout entière. La crainte qu'on les découvre soudain. La peur de ce qui se trame à l'intérieur de son ventre, presque à son insu. Le regret de s'être laissée piéger par des sentiments qui lui redeviennent étrangers, après l'avoir projetée au-delà des normes familières et des rites quotidiens.

François s'est rapproché, s'asseyant en équilibre au bord du lit. Les pans de sa blouse entr'ouverts sur ses jambes noueuses.

Il attire la main d'Agnès, enserre le poignet rond. Cherche une complicité : « Ça va ? » Se fait insistant : « Qu'est-ce que tu as ? »

– Rien.

Il n'ose pas demander : « Tu ne m'aimes plus ? » S'accroche à une formule qui la met en cause :

– Tu étais d'accord, pourtant. Non ?

Elle ne nie pas. Secoue la tête sous l'amas de cheveux roux qui moussent à ses épaules, murmure – les yeux ailleurs – comme pour elle-même :

– ... je ne voulais pas de cet enfant.

Il s'étonne. Ne comprend pas. Proteste de bonne foi :

– Mais Agnès, tu n'es même pas sûre ! Et puis, je ne demande qu'à t'épouser, tu le sais très bien !

Elle se tait. Trouble finalement le silence d'un petit ricanement désenchanté :

– Ils ne voudront jamais... parce que tu es catholique.

A son tour, il s'enfonce dans le mutisme. Soupire. Tente de plaisanter : « Je peux me convertir. »

Cela ne l'amuse pas. Elle se détourne, lassée : « Arrête !... qu'est-ce qu'elle dirait ta mère ? » Et puis, très bas, parce que c'est sa vérité, qu'elle aimerait la crier et qu'elle n'ose pas, elle souffle :

– ... je ne veux pas me marier. Je ne veux pas.

Mais déjà, il ne l'écoute plus. Réfléchit à voix haute. Suppute leurs chances de fonder un institut à eux, à la campagne. Avec l'aide d'un ou deux collègues pour commencer. Et l'engagement d'un domestique. Pierre-Michel, pourquoi pas ? Ils auraient des bêtes, des chevaux. Comme ici.

– On accueillerait Paul et Emilie, de temps en temps. Ou alors, on les garderait près de nous, définitivement. Qu'en penses-tu ?

François regarde Agnès.

... qui ne le regarde pas.

Soudain elle le déteste. De disposer d'elle ainsi. De s'emparer de son corps et de son âme, comme s'ils lui appartenaient. De violer ses rêves. Une bouffée nauséeuse monte en elle. Une véritable violence la possède. Elle a envie de hurler... Je-ne-veux-pas!

Je ne veux pas de cette vie-là! De la vie d'Anna. De ces fatigues qui l'abattaient comme un arbre sur sa couche. Où elle demeurait pâle et immobile. Anna, qui faisait face à tant de devoirs et possédait si peu de droits. Harcelée, dispersée, dévorée par sa famille. Par les autres. Des cannibales, nous étions tous des cannibales!

Anna!

Anna!

Anna! La journée entière se mesurait à ces appels. Son nom courait dans les corridors, se perdait dans le vent du verger, franchissait le seuil des classes, s'arrêtait à la porte des cuisines.

... je suis là! Je suis là! J'arrive, répétait-elle essoufflée la main sur la poitrine, les yeux angoissés.

Et les enfants? Tous ces enfants... conçus, portés. Perdus.

Elle n'était pas seulement morte de la grippe, Anna. Mais de guerre lasse, peut-être. Tout simplement.

– Parce que nous l'avons tuée!

– Tué qui?

Agnès ne répond pas. Elle se rhabille sans hâte. Traînasse, à demi vêtue. Se dresse soudain, aux aguets :

– Tu as entendu ? Quelqu'un a appelé « Maman ».
François Jacquat sourit. Se moque doucement :
– Tu es complètement folle !
Il est resté assis, légèrement voûté, les pans de sa blouse retombant sur ses genoux. Petit fonctionnaire de la tendresse. D'un regard complaisant il enveloppe Agnès, comme si elle était déjà son bien. Se repaît de ses gestes doux et alanguis. Le pied droit, dont la cambrure disparaît lentement, centimètre par centimètre, dans l'opacité du bas gris. L'élastique un peu usé de la jarretière qui s'arrondit autour de la cuisse ferme. La chemisette qui retombe sur la taille et masque les seins déjà lourds. Et toujours, ce fleuve roux, sinueux, qui tangue sur la courbe solide des épaules.

Comme ce serait simple et bon d'avoir cette femme à ses côtés à jamais. Le matin, il l'éveillerait, perdue dans l'odeur sauvage de ses cheveux. Le soir, il endormirait son corps de ses mains chaudes, puis enfouirait sa bouche dans son giron.
Tout, en lui, se languit d'elle. Depuis si longtemps. Quand le comprendra-t-elle ?

* * *

« Tu pourras le porter ? » Agnès, en quittant la chambre, a trébuché sur les jambes de Paul, étendu en travers de la porte. Le sommeil l'a pris, roulé en boule. Comme un chiot. Sa main encore entr'ouverte sur les allumettes inutiles. Surtout, ne pas le réveiller.

– … tu vois, je t'avais bien dit que j'avais entendu quelqu'un.

Agnès chuchote, alors que François Jacquat peine à soulever le jeune corps alourdi, qui s'abandonne. Le garçon marmotte une suite de mots inarticulés. Sa tête roule sur le bras qui le soutient. Sa tante caresse les cheveux raides qui se dressent comiquement au-dessus du front de l'enfant. Elle s'inquiète :

– … je suis sûre qu'il nous a vus.

Maintenant ils descendent l'escalier prudemment. L'un derrière l'autre. Agnès la première, portant la lampe dont elle dissimule la clarté de sa main. Dans le long couloir, quelqu'un a ouvert une fenêtre sur le coassement lointain des grenouilles. La nuit chaude est entrée, s'imposant comme un parfum. Grouillant d'une vie moite et pesante.

– C'est la lune noire.

L'étrange procession avance lentement. Les pas feutrés recréant leur chemin dans l'épaisseur nocturne. François Jacquat ahane sous le poids du garçon qu'il finit par déposer debout, devant la chambre d'Agnès. Mou comme une statue ivre, l'enfant passe d'une épaule à l'autre, se laisse aller sur la poitrine de sa tante qui essaie d'ouvrir sa porte. Elle le déplace légèrement. Il grogne. Puis il étreint instinctivement la jeune femme de ses bras qui retombent bientôt… au ralenti.

François fait un pas en avant. Agnès l'arrête sèchement :

– N'entre pas !

Il demeure sur le seuil, comme un colporteur que l'on refuse de recevoir :

– Tu ne pourras pas le remettre au lit toute seule !

– Bien sûr que j'y arriverai !

– ... quand est-ce que je te revois ?

« Jamais ! », c'est le premier mot qui vient à la bouche d'Agnès.

Elle temporise :

– Je ne sais pas.

– Mais Agnès... c'est sérieux ! Les choses pressent. Il faudra probablement que je parle à ton beau-frère. A tes parents.

– Laisse-moi...

– Non ! Dis-moi quand !

Elle ne répond pas. Attentive au confort de l'enfant qui continue de dormir, appuyé contre sa hanche. Lourd. Tellement lourd et chaud. Elle l'enlace comme elle peut : « Allez, viens ! » Puis elle referme l'huis sur eux en le repoussant du coude.

* * *

Arrimé au plus profond de son sommeil, Paul repose sur le dos. Sa main agrippée à la jupe de sa tante. Il ronfle légèrement, la bouche entr'ouverte. Agnès l'a traîné de toute sa force vers le haut lit conjugal. Elle l'a redressé ensuite – poupée géante – contre les bords du matelas. Et roulé vers le centre. Puis elle s'est écroulée tout habillée à ses côtés.

Le silence a repris possession de la chambre. Et les yeux grands ouverts, Agnès s'abandonne aux remous que se partagent son corps et son esprit. En elle souffle le vent de l'urgence.

... que faire?

Où aller?

Là, tout près, se dessine un parcours simple, tout tracé. Un chemin de campagne, dont elle ne veut plus, mais où sont marqués déjà ses premiers pas. Plus loin, au-delà, une invite se fait pressante, l'attire... vers des rivages incertains dont elle a entretenu les promesses en secret. Rêves, dépaysement qu'elle ne peut satisfaire qu'en tuant le présent.

Le cœur de la jeune femme bat puissamment. La liberté vers laquelle tend tout son être aurait-elle un goût de mort? Et sa propre existence tiendrait-elle à ce prix?

D'un côté, ses neveux, et l'enfant qu'elle porte, sans doute.

De l'autre, la vraie vie. Et n'appartenir qu'à soi-même.

Mirage ou vérité? Un long désapprentissage des valeurs simplistes et familières se profile au-delà des désirs. Ainsi que la solitude, à coup sûr. Mais, au bout du compte, peut-être... la passion et le dépouillement.

Pourquoi faut-il engendrer? Pourquoi ne peut-on rester femme, sans devenir épouse ou mère? Sans étouffer sous le poids des autres.

– Un jour, probablement guérira-t-on de l'enfantement, comme on guérit de la rougeole ou de la rage !

Paul s'agite dans le noir.

Il appelle Anna. Parle à mi-voix. Agnès se tourne vers lui. « Plus tard, il partira. Et moi… »

Quel âge aura-t-elle plus tard ?

C'est maintenant. Tout de suite !

Immobile un instant, la jeune institutrice attend. A l'écoute du souffle de l'enfant qui redonne vie à l'obscurité. Une… deux… trois. Longues, trop longues secondes, qui n'ont pas de fin. Puis elle se laisse glisser à terre. Attend encore. Enroule très vite le garçon dans le couvre-lit qu'elle dégage délicatement. Comme il dort, Paul !

Comme elle se sent folle !

Un papillon qui a trouvé l'issue du filet dont il est le prisonnier. Sous les doigts d'Agnès le bouton de la porte tourne doucement. Dans le couloir tranquille, l'avenir attend.

Alors elle sort à sa rencontre. Prête à toutes les blessures, à toutes les douleurs. A tous les accomplissements.

DEUXIÈME PARTIE

IV

Paul se rend à l'école chaque matin sans déplaisir. C'est sa troisième vie. Sa mère ne l'a jamais accompagné.

... et le souvenir d'Anna n'imprègne aucun des lieux que l'enfant traverse. Seul, le voisinage du cimetière qu'il longe sur quelques mètres – en bordure de la route séparant l'institut du village – pourrait le plonger dans la nostalgie ou le regret du passé. Un appel auquel il ne répond pas. Ce n'est pas l'heure... Naguère, à ce moment-là, Anna n'occupait déjà plus son horizon d'écolier. Debout dès l'aube, elle avait réveillé Paul. Puis elle l'avait quitté, prise par ses tâches quotidiennes. Parcourant attentive les territoires de son vaste domaine. Les dortoirs, la lingerie, la cave, le verger.

C'était le rôle d'Eulalie alors – comme aujourd'hui – de glisser la tranche de pain ou la pomme dans le sac recouvert de peau de poulain. De changer le chiffon destiné à essuyer l'ardoise humide. Eulalie qui vérifiait l'accoutrement du garçon, pressé de s'éloigner dans le chemin de terre qui l'amènerait plus vite en classe.

« Et ta pèlerine ? » criait-elle parfois, courant après l'enfant sous la pluie ou le ramenant par l'oreille dans la grande cuisine, pour corriger l'habillement du distrait.

A huit ans passés, Paul arrive maintenant à l'épaule de la forte femme dont la poigne énergique le tourne et le retourne encore comme une crêpe. C'est que rien n'échappe aux yeux aigus d'Eulalie Jeanneret... du tablier enfilé à l'envers aux boutons de la courte braguette laissée négligemment entr'ouverte, elle voit tout. « Il faut fermer ta boutique. A c't'heure, les magasins sont fermés ! » bougonne-t-elle en faisant pivoter le gamin sur ses pieds.

– Tu t'es lavé les mains ?

– ... oui... oui, oui !

Il piaffe. Il grille d'impatience. Car Léon attend à la lisière du potager le quignon ou le fruit que Paul secoue à grand bruit dans son cartable. Léon a toujours faim. Un manque qu'il traîne depuis sa petite enfance. Qui le fait avaler tout et n'importe quoi. Même des limaces. Du moins le laisse-t-il entendre à Paul que ça impressionne. « Moi, j'aime mieux les tartines ! »

Lalie s'étonne d'ailleurs régulièrement de l'appétit de son protégé :

– Je me demande bien où tu mets tout ce qu'on te donne ! Tu es plus maigre qu'un piquet !

Elle balaie l'enfant d'un œil soupçonneux, comme

s'il dissimulait sous ses basques un embonpoint inavoué :

– … heureusement que tu prends des centimètres ! J'aime bien savoir où vont ma soupe et mes tartines ! Mais tu t'arrêteras quand même avant de me brouter sur la tête !

L'image enchante Paul à qui elle arrache un rire brusque et strident. L'été naissant a fait lever en lui une sorte d'exaltation sauvage qu'il exerce au détriment des bêtes et des plantes. Un trop-plein de vie, dont il se délivre en décochant ici et là… coups de pied, coups de poing, hurlant sans raison, se désarticulant dans des sauts incohérents. Il piétine avec une joie mauvaise l'esparcette que juillet a poussée au bord du chemin. Il arrache sans discernement épilobes et séneçon, bourrache ou liseron qui s'accroche à la haie, venue mourir au pied du sentier.

Ce matin, Lalie a rejeté Paul de son univers d'une tape sur la croupe, comme on pousse une bête vers sa pâture. Ajoutant, bourrue :

– Allez, ouste ! C'est bientôt l'heure !

La cloche de l'institut n'a pas encore sonné. Pour le moment, les classes sont vides. De loin, Paul distingue la tête d'un jeune homme – le remplaçant d'Agnès – qui semble aller et venir dans le local réservé aux plus jeunes. Dans la salle contiguë, François Jacquat écrit un texte au tableau noir.

La journée sera chaude.

Sans doute les pensionnaires sont-ils déjà occupés

aux travaux des champs. Car Léon manque au rendez-vous journalier.

Paul s'éloigne au petit trot. Le rythme de son pas souligné par le bruit du plumier qui s'agite dans son sac. L'enfant n'a pas droit à l'enseignement dispensé à l'institut. Pour se rendre à l'école communale – distante de trois kilomètres – il doit traverser le ruisseau qui marque les limites de la grande prairie sur laquelle pèse déjà le soleil matinal. Suivre la route cantonale pour aboutir aux premières maisons du village. Et déboucher sur la place que bordent la cure et le bâtiment scolaire.

Là s'accomplit – en deux tranches journalières – une démarche d'où sont absents famille et parents.

Là, Paul peut enfin se fondre dans la masse égalitaire de ses condisciples. Ses singularités propres gommées au profit d'un nivellement artificiel basé sur l'ordre alphabétique, l'année de naissance et l'appartenance au même pays.

En trois lignes dans un registre, il répond au nom de Paul B., né le 5 octobre 1911, fils d'Emile, originaire de M. C'est tout. Nulle part il n'est fait mention d'Anna, décédée en dehors de toute formalité scolaire.

Dans ce lieu où la tendresse n'a que faire et la compassion aucun compte à rendre, le garçon se sent pourtant à l'aise. Il donne ce qu'on exige de lui. La place qu'il occupe n'est due qu'à son seul mérite. Et la fronde dont il éprouve l'élastique tout au fond de sa poche l'aide, de surcroît, à maintenir à distance certains trouble-fête à la récréation.

... et puis, mais en est-il conscient? – la proximité de la villa du pasteur n'est pas étrangère à sa persévérance apparente.

Les jours de chance il lui arrive même d'apercevoir Ottoline dans le jardin proche, ses longs cheveux coiffés en nattes retombant sur un col rond. Ou alors... tournant très fort la tête vers la gauche «Paul, si tu continues, tu vas passer la dernière demi-heure dehors!» L'enfant peut observer Madame Schindler, venue prendre l'air sur le perron. Là, où elle l'accompagne chaque jeudi. D'une main elle retient le chapeau de paille qu'elle porte enfoncé sur le front. De l'autre, elle agite machinalement le sécateur qui tranchera la tige des roses pourpres.

Ottoline elle-même n'a jamais franchi le seuil de l'école. Il semble qu'elle poursuive simplement de longues vacances studieuses. Interrompues à peine par les cours que lui donne son grand-oncle en privé. Latin et grammaire française. Comme si les filles apprenaient le latin.

«... c'est ta bonne?» avait demandé Léon, un jour de grandes confidences.

Paul n'avait pas répondu.

Il y a des choses dont on ne parle pas. Y avait-il d'ailleurs jamais pensé lui-même? Les rires bêtes, les ricanements gras des autres l'avaient empêché, jusque-là, de pénétrer plus avant ces domaines troubles et secrets.

… mais d'Ottoline, il en rêve, oui. A sa manière. Comme on rêve d'un voyage que l'on fera un jour. D'un nuage qui file au-dessus des têtes, d'un fleuve qui va se perdre au loin, au-delà de la ligne d'horizon.

Son jeune âge seul l'empêche de le formuler ainsi.

Et puis, peut-on se faire une « bonamie » d'une Anglaise née à la Terre de Feu, qui étudie le latin et s'exerce à la révérence ?

– Quand j'aurai dix-huit ans, j'aurai une robe blanche et je serai présentée à la reine Mary. Alors, je ferai comme ça…

Sous les yeux perplexes du garçon, Ottoline plonge parfois dans une sorte de mouvement de gymnastique. Au cours duquel elle replie la jambe droite sous le genou gauche. Le buste rigide, la tête inclinée, un sourire appliqué sur les lèvres. Une démonstration qu'elle répète volontiers devant Paul, gêné. Et qui la regarde par en-dessous. Où veut-elle en venir ?

– Ça s'appelle « curtsy ». Et j'aurai une grande plume dans les cheveux.

– … comme les Indiens ?

– Tu es stupide.

Paul s'était tu.

Sa méconnaissance des rites lui avait valu tout un jeudi de bannissement qu'il avait tout de même passé auprès de Madame Schindler. Assis au piano à déchiffrer Czerny. Ottoline n'était pas venue les rejoindre pour le goûter.

– Elle est très obstinée. Susceptible.

Maud Schindler avait souri à Paul d'un air complice, et indulgent. Puis elle avait soulevé doucement la main droite de l'enfant et l'avait reposée sur le clavier. Il n'avait pas osé demander ce que signifiaient ces deux mots compliqués. Mais le bonheur de l'instant avait coulé en lui comme une gorgée de lait tiède.

***

« Paul, tiens-toi droit ! »

Paul se redresse, machinalement. Tiré de sa torpeur par la voix un peu voilée de Blanche Bron.

La chaleur perce maintenant par les fenêtres ouvertes sur la classe, à travers les persiennes à demi-closes. Le soleil décompose l'ombre du volet dont il étire les lamelles tout en hauteur, obliques et pointues, raies de lumière jaune sur le tableau noir. Il escalade le chignon de la maîtresse. Peint de rose les doigts dont elle se protège les yeux.

Deux mouches bourdonnent dans l'air lourd. Zigzaguent, se séparent. L'une se pose sur la tête de la petite Thérèse, repart en flèche, invente un nouveau trajet tout en angles aigus. Revient à la charge. L'autre s'égare dangereusement. Arpente le banc de Paul aux aguets. Explore le cratère de l'encrier vide. Tricote un zzz… insolent de ses pattes grêles, fines comme les jambages de m et de n dont l'enfant vient de copier deux lignes au crayon, sur une feuille que l'institutrice va ramasser incessamment.

… la jeune femme se lève. Racle bruyamment des pieds de sa chaise le plancher de l'estrade, de laquelle elle domine la salle où se retrouvent chaque jour deux volées d'élèves. Les moyens et les petits.

Blanche Bron s'appuie un moment au pupitre. Elle se sent engourdie, moulue. Ces matinées estivales, pesantes, sûrement. C'est aussi le dernier samedi avant les vacances. Et les rangs, déjà, sont clairsemés parmi les écoliers.

Les frères Gagnebin ne sont pas revenus depuis huit jours. La grande sœur a passé en coup de vent : «… on se dépêche avant que le temps change. On arrivera peut-être à rentrer le dernier char avant la fin de la semaine.» Julie Baud manque également. Sa mère vient d'accoucher du quatrième. Il faut quelqu'un pour surveiller les cadets et aider au ménage. Alice Gonseth est restée à la maison, elle aussi. Son père est à l'hôpital et les aînés travaillent à l'extérieur.

Petits enfants. Gros travaux.

Billets d'excuse maladroits. Mensonges pudiques et ordinaires, mal orthographiés. Dont il n'est pas difficile de deviner les raisons et que Blanche accepte sans commentaires, puis dissimule dans son tiroir.

Elle-même qu'a-t-elle connu d'autre ?

Ses seuls moments de trêve, elle les a vécus à l'Ecole normale, pendant ses années d'internat. Bien sûr, elle aurait pu choisir un métier différent. Devenir régleuse, comme sa sœur. Mais elle a préféré étudier. Etancher cette soif de savoir, qu'elle était la seule à posséder dans la famille.

D'ailleurs, au fond d'elle-même, cette assurance de pouvoir rester célibataire tout en subvenant seule à ses besoins, l'a confortée dans son choix. L'affranchissant du même coup d'un physique qu'elle n'a jamais aimé. D'une image – la sienne – qu'elle a toujours trouvée ingrate. Que n'a-t-elle eu le charme d'Anna?

... leurs deux silhouettes enlacées sur la même photo de remise de diplômes...

Mais Anna est morte. Et dans la gorge de Blanche s'épanouit un goitre de culpabilité : « Moi, je suis vivante ! » La jeune femme repousse vers la racine de son nez fin, l'armature de ses lunettes de métal, trop massives pour son visage mince.

Sur le pupitre, les ardoises attendent d'être redistribuées. Deux piles symétriques, à l'encadrement de bois clair.

– Paul, viens au tableau !

L'enfant lève le front, surpris. Il ne bouge pas.

– Viens !

Paul se déplace à contre-cœur. Encombré de ses deux mains dont il ne sait que faire. Mal à son aise dans une culotte trop serrée – il a beaucoup grandi. Il lui semble, debout ainsi, le dos tourné, que les autres le touchent par derrière... de leurs yeux sournois, de leurs doigts curieux. A l'intérieur de sa poche, il roule nerveusement les billes qu'il a gagnées au jeu. Au détriment du fils Perrin, de la ferme voisine de l'institut. Trois petites boules bleues, une grosse rouge, et une agate qu'il pense donner à Léon pour les vacances.

– Prends une craie.

Le garçon n'a jamais pu écrire au tableau sans faire crisser le court bâton blanc qui se casse bientôt brutalement, en deux morceaux inégaux. Les filles poussent des couinements aigus. Blanche Bron secoue sa tête lasse, fait « ttt… ttt… ttt… » d'un air mécontent, puis se rassied lourdement :

– … écris.

Les tribulations de trois et trois, de huit et cinq, de deux et neuf dont on retranche sept, l'enfant les connaît par cœur. Additions, soustractions pourtant se succèdent à un rythme soutenu et inhabituel. Les données dictées d'une voix monocorde par Blanche, impassible. Paul ne comprend pas la raison de cet exercice inattendu. Ses yeux interrogent l'institutrice dont le regard le vrille à travers les verres épais.

« … les mêmes prunelles marron que sa mère,

Anna qui me regarde. »

Un enfant esseulé, qui pourrait être celui de Blanche.

– Viens vers moi.

Il s'approche, un peu gauche. Méfiant.

– Pourquoi tous tes calculs sont-ils faux sur l'ardoise et justes, maintenant ?

– … je ne sais pas. Hier je les ai faits devant Lalie.

– Qui les a contrôlés ?

– … Ruth Briod. J'étais déjà au lit.

– Agnès ne s'occupe plus de toi ?

– … elle est malade.

Paul baisse la tête. Et dans le silence qui est retombé sur la classe, la petite Thérèse pouffe dans ses doigts. Puis elle se renverse vers la grande Marthe, chuchote quelque chose dont elles rient sous cape toutes les deux. Paul sent la sueur l'envahir, l'enserrer dans un maillot chaud et humide. Il ne sait de quel côté faire face. La maîtresse semble attendre une explication qu'il ne peut fournir. Les autres ont l'air de détenir une information qu'il ignore.

Blanche fouille maintenant dans son tiroir. Elle déplace des objets, sort un encrier, une feuille blanche, une plume. Elle dépose le tout sur le pupitre. Les enfants l'observent les bras croisés, muets. Dans l'expectative, Paul suit ces mouvements, intéressé malgré lui. Le torse moulé cependant dans la crainte et l'appréhension.

Le silence s'épaissit, à peine troublé par le bruit de la charrette qui passe au-dehors, rompu par la voix de la maîtresse :

– Tu as vu ton père, ce matin ?

– Non.

– Hier soir ?

– Non.

– Tu le vois souvent ?

– N-non… des fois, à souper. Mais maintenant, il y a les foins.

– Bon.

Blanche a dit : « Bon », comme elle aurait dit : « Le ciel est bleu ». Elle soupire. S'octroie une pause, les yeux perdus. Puis elle se met à écrire. Appliquée et rapide. Mais le grattement de sa plume se perd dans les coups de marteau qui ébranlent la poitrine du garçon, résonnent dans sa tête. Il déplace son poids d'une jambe sur l'autre. Il n'ose se détourner. Quêter une complicité. Il sait que Victor Favre lance de petites boulettes de papier dans la travée qui sépare le banc de la fenêtre. Il devine le bruit léger des projectiles qui rebondissent sur le plancher gras. Chacun patiente.

... et l'attente même devient chaleur.

La lettre – car c'en est une – est terminée. Elle semble courte. Blanche la relit pourtant soigneusement. Comme elle relirait un devoir. Elle ajoute un signe, puis deux... Puis elle plie enfin la page et la glisse dans une enveloppe dont elle mouille le rabat de la langue. Un secret, qu'elle scelle de sa salive.

La jeune femme se tourne vers le garçon : « Viens ici ».

Prêt à tout, Paul inspire une forte goulée d'air, se caparaçonne lentement d'indifférence. Blanche Bron ne donne pas de gifle, ni de coups de règle. Mais quand elle tire les oreilles, on les sent toute la journée, brûlantes et douloureuses.

– Prends ton ardoise, c'est la première sur la pile.

L'enfant obtempère. Dans sa gorge, l'étau se resserre.

– Approche-toi. Regarde bien les chiffres, au bas des colonnes, là. Onze et sept, dix-sept... Tu ne vois rien ?

– ... c'est faux ?

– Oui. Mais le nombre a été effacé. Et dessous, en creux, on peut lire ton écriture, parce que tu presses très fort sur ta touche.

Le gamin tente un petit rictus, désemparé. En lui la tension se relâche. Il déglutit, soulagé. Ce n'était que cela.

– Dis-moi, Paul, tu ne sais pas qui a voulu – peut-être ? – te faire... une farce ?

– N-non.

– Eh bien, je crois que je sais. J'ai écrit au pasteur. Tu lui apporteras ce billet, tout à l'heure.

Voir Ottoline, retrouver Maud Schindler, alors même que ce n'est pas jeudi ? L'enfant se déride, détendu soudain. Il rit même, timidement, par saccades, comme on bégaie. Blanche Bron le regarde drôlement. Elle semble triste tout à coup.

Lui, il reste planté là. Et sur son visage – qui s'est illuminé – s'ajoute, à la confiance revenue, un désir neuf, mâtiné d'audace.

– ... oui, Paul. Qu'est-ce que tu veux encore ?

– Moizelle (il n'a jamais pu dire Mademoiselle), c'est où, la Terre de Feu ?

Surprise. Etonnement. Réserve.

La question plane un moment, insolite. Gonflée de mystère, grosse d'inconnu. Feu... Ffeu... Fffeu... Un insecte qui se pose et s'envole. Exotique. Rouge, jaune, noir. Couleur de flamme.

Blanche rapproche sa chaise du pupitre. Elle n'a pas l'air fâché. Elle s'installe simplement, confortablement. Les avant-bras bien à plat. « Va chercher l'Atlas. Le grand, le mien. Je vais te montrer. »

Le long livre gris-beige, lourd, marqué de lettres noires : *Atlas scolaire suisse pour l'enseignement secon-*

daire. Orné en transparence d'une esquisse du globe.

– … tu sais que la terre est ronde ?

– Oui.

Paul opine de la tête. Pierre-Michel le lui appris. Comme il lui a montré aussi l'emplacement de l'Europe et de la Russie sur la carte qu'il conserve au bas de sa commode. « Mais on ne voit pas Berne. Parce que c'est trop petit. »

La double page s'ouvre sur deux cercles bleus, accolés l'un à l'autre comme les moitiés d'une pomme. Hémisphères occupés par endroits de terres roses, vertes, jaune acide ou orangées, voguant sur des mers turquoise.

Maîtresse toute puissante de ce monde-là, la main légère de Blanche virevolte, souligne les frontières, folâtre distraitement dans les océans, recrée les contours de certains pays, s'arrête net, enfin. Soulignant d'un index pâle l'extrémité triangulaire d'un continent qui se recourbe comme une griffe. C'est là. C'est loin.

– Tu vois, tout au sud, tout au sud de l'Amérique latine, c'est la Terre de Feu.

Penché sur le bras nu de la maîtresse dont la manche s'arrondit gracieusement autour du coude, Paul reste sans voix. Profondément ému. Atteint de plein fouet aussi par la sécheresse de la réalité. Ce petit bout de territoire, minuscule… représente donc la concrétisation de son rêve ? La réduction de ses illusions ? Il souffle :

– Y a pas de dessin ?

– … tu veux dire, une illustration ? Pas dans ce livre.

Qu'espérait-il ? Découvrir Ottoline embrasée, jaillissant tout enflammée du cratère d'un volcan ?

Les autres écoutent. Alors Paul ajoute, pas trop sûr de lui :

– Il fait chaud là-bas.

Blanche, cette fois, rit franchement. Heureuse d'étonner, de piquer l'enfant :

– Eh bien non. Là-bas, maintenant c'est l'hiver. Il fait très froid, au contraire.

Derrière ses lunettes, son regard cherche celui de Paul. Elle lui sourit même, assez contente de son effet.

… mais le garçon s'est renfrogné d'un coup. Il se sent dupe, risible même. Retombé dans le monde des adultes comme dans un piège. Pourquoi Blanche Bron cherche-t-elle à le tromper ? Dirait-elle des mensonges, elle aussi ? Comment peut-il faire froid à la Terre de Feu ? Pourquoi est-ce ici l'été, et l'hiver là-bas ? Tout au sud… tout au sud, c'est la chaleur, comme en Italie ! Michel Bakounine, il l'avait bien aimée, l'Italie.

L'amertume, la frustration ont saisi Paul tout entier, le traversant d'un vent de chagrin et de désillusions. Il avait bien raison Pierre-Michel Nicolet, quand il avait recommandé : « Tu ne croiras pas tout ce qu'on te raconte à l'école, camarade. C'est tout des mômeries. »

Sans piper mot, Paul reprend son ardoise.

– … n’oublie pas ton enveloppe !

Dans sa poche, il glisse maladroitement la missive que Blanche lui tend. Il ne dit pas merci.

– Qu’est-ce qui ne va pas, Paul ?

– Rien. J’ai mal à la tête.

La tension retombe.

L’incident est clos.

Les élèves se retournent les uns vers les autres. Un léger brouhaha accompagne Paul qui regagne sa place.

Au premier rang, la petite Thérèse le nargue et lui tire la langue. Il y a longtemps que le garçon l’a prise en grippe. C’est physique. Elle le dégoûte. Ses cheveux gras se partagent en une raie irrégulière sur le sommet du crâne. Ses lunettes rondes dissimulent mal un strabisme divergent. Et une éternelle coulée de morve trace son sillon brillant sur la peau irritée de ses narines à ses lèvres. Maintenant la gamine louche vers Paul, de bas en haut, la bouche entr’ouverte sur des dents trop courtes, en train de repousser. Et quand le garçon passe à sa hauteur, elle l’arrête d’un croc-en-jambe, gonflant son ventre sur des rondeurs inexistantes qu’elle simule de ses deux bras :

– L’Agnès, elle est pas malade !… elle a le ballon !

Furieux, Paul rétorque d’un coup, asséné directement dans les tibias de la fillette. Elle geint, la tête dans les mains, les coudes sur le banc :

– … mademoiselle, mademoiselle, i’m’a cassé la jambe !

La grande Marthe se tord de rire : «… c’est bien

fait ! » Victor Favre – il est plus âgé que les autres et redouble son année – se balance d'avant en arrière. Frôle alternativement le sol de ses pieds chaussés de lourds sabots. Le bruit dans la classe augmente, prend de l'ampleur.

Blanche, agacée, n'a plus envie de sévir. Elle regarde sa montre. Encore une heure à tenir jusqu'à ce que la cloche s'ébranle au-dehors. Tout le temps de se plonger dans les mythes fondateurs.

Elle abandonne sa chaise lentement. Tape de sa règle sur le pupitre. Le coup claque sec. Coupe le caquet des petits. Fait tressauter les grands. Elle commande :

– ... debout ! Assis ! Les mains en l'air !... Les bras croisés !

« Bien ». Le calme revenu, Blanche Bron promène sur la classe son regard de myope :

– Voilà, les enfants... C'est bientôt le 1er août. Je vais vous lire une histoire. Celle d'un héros de notre pays, Guillaume Tell.

Victor Favre, dont le père milite en politique, marmonne : « ... c'était un bolchevik ! »

– ... c'est pas vrai, réplique Paul, assis à ses côtés.

Et, pour ne pas être en reste, il affirme :

– C'était un anarchiste !

V

Sous le soleil qui l'enveloppe d'une chape de lumière, dont il ressent la chaleur à travers les cheveux mêmes, Paul se baguenaude.

Il cueille un caillou dans le sentier dont la terre jaune et desséchée se craquelle entre les sillons herbeux. Rejette la pierre dans le pré hérissé de graminées où elle va se perdre avec un bruit étouffé. Il grimace sous la clarté aveuglante. Ressort de sa poche la casquette qu'il emporte par habitude. La pose de guingois sur le front, la visière vissée sur les sourcils.

... mélancolie. Dépossession.

La réalité des vacances annoncées prive déjà le garçon d'une de ses motivations journalières. En ouvrant la porte de l'école sur la chaleur méridienne, Blanche a lâché ses élèves dans le flou d'une certaine liberté. Mais elle les a repoussés aussi dans la vie familiale entièrement retrouvée. Deux mois différents, pendant lesquels il faudra faire autre chose et qui apparaissent à Paul comme le ciel sans nuages... Un plan infini, coloré de bleu uniforme, sans failles et sans limites, inhumain. Nu.

Le mur grenu du cimetière.

L'enfant s'assied à son ombre, sur une des bornes qui marque l'entrée. Le sac aux épaules, coussin dur et mouillé de sueur qu'il appuie au portique de granit derrière lui. Il n'est pas pressé. Personne ne l'attend. Il mangera seul, avec Lalie et Marie Huguenin, dans la cuisine. Quand le service dans la grande salle sera terminé.

Sans avoir de montre, Paul a appris à gérer sa journée selon les bruits du quotidien qui répondent aux activités des adultes. Pour l'instant, la cloche du village vient de frapper la demie d'onze heures. Celle de l'institut va lui donner la réplique, fidèlement, dans vingt minutes. Agitée longuement pour appeler les pensionnaires au réfectoire.

Juste le temps nécessaire pour dévaler le Long Pré à mi-chemin duquel le garçon s'est arrêté. Là, tout en bas de la pente, au-delà du ruisseau, le complexe de bâtiments – étable, écurie, logements, salles de classe – irradie une blancheur éblouissante entre les taches sombres des arbres de la cour, chêne, tilleuls et sapins bleus.

Paul se baisse.

A ses pieds gît une sorte de papier clair, chiffonné, dont il se saisit. C'est la lettre de Blanche Bron. Il a oublié de l'apporter au pasteur. Sans doute est-elle tombée sans qu'il s'en aperçoive. Par jeu, il en déchiffre l'adresse à voix haute, parce que c'est plus facile.

« Mon-sieur-le-Pas-teur Er-nest Schin-dler, à-la-Cure. » C'est bien ça.

Intrigué, Paul palpe et retourne la mince enveloppe. Lié vraisemblablement à la falsification de ses devoirs, quel peut en être le contenu ? En fait, ce côté-là du message ne l'inquiète que médiocrement. Ses calculs ont été résolus correctement. Blanche l'a constaté devant tous. Le malaise vient d'ailleurs… Si la maîtresse raconte des mensonges à l'école – l'hiver à la Terre de Feu ! – pourquoi n'en écrirait-elle pas dans ses lettres ? Et de surcroît, que vient faire le grand-oncle d'Ottoline dans tout cela ?

Le gamin bâille.

Une sensation de faim et de soif le poursuit. Le soleil qui s'est déplacé, perce maintenant au-dessus du mur, dépose une flaque dorée devant ses chaussures. Paul se lève, s'étire, les épaules irritées par le poids du sac de cuir. Une sorte de fatalisme, d'engourdissement le pousse à l'indifférence.

Seule demeure en lui une impression diffuse qui le gêne… Celle de se retrouver, depuis quelque temps, englobé dans un problème dont il participe, tout en ignorant ses causes.

… Agnès…

qui n'a plus reparu. Qui l'a laissé seul dans la grande chambre à coucher. Agnès qui reviendra.

« Bientôt » a confirmé Lalie d'un ton revêche, la bouche triste et le regard sévère.

Ruth Briod, qui le fuit. Ne faisant une apparition furtive que le soir. Pour vérifier s'il est au lit – toutes bougies mouchées – devoirs scolaires terminés. « Paul, je prends déjà ton sac. Tu le demanderas à Lalie, demain ! »

Marie Huguenin qui se presse dans les couloirs. Affairée, bourdonnante... dont le garçon vole au passage les lambeaux de phrases qu'elle échange – émoustillée – avec la cuisinière, la femme de charge, la lessiveuse : «... vous vous rendez compte, elle s'est vidée comme une bête... y avait du sang partout... heureusement que j'étais là ! »

Le père, enfin. Sa main qui s'attarde sur la tête de son fils, après le souper, alors que l'enfant sort de table. Le père, dont Paul redoute – tout en l'espérant – le regard bleu, froid. Et absent.

Adultes incompréhensibles. Inaccessibles. Dont le garçon ne peut parler à personne. Adultes qui vont et viennent dans sa vie, traversent son champ existentiel, puis disparaissent. Happés par des tâches – des passions – supérieures dont l'enfant ne peut saisir la portée, ni même imaginer la réalité.

Au bas du pré dru, le ruisseau chuchote et se fraie un lit étroit et sombre. Un pont de fortune l'enjambe, formé de quelques planches poussiéreuses dont Paul aime à éprouver le balancement. « Un jour, tu te retrouveras le cul dans l'eau ! »

menace Pierre-Michel qui a surpris le gamin en exercice, plus d'une fois. Et il ne se prive pas d'ajouter, narquois :

– Ne compte pas sur moi pour t'amener à l'Eulalie et qu'elle te change tes culottes !

Où s'en va-t-il donc le ruz dont la fraîcheur affole tous les pores de la peau saturée de soleil ?

– ... dans la Suze, pardi !

– Et après ?

– ... dans le lac de Bienne !

... et si on jette de petits papiers, comme des bateaux, dans le courant pressé, jusqu'où iront-ils ? Se perdre dans les touffes d'herbes mauves qui ondulent entre les pierres moussues ?

Les jambes écartées, en équilibre sur la passerelle instable, Paul crache vigoureusement en amont. Pour voir. Puis il se penche aussitôt en aval, fasciné par la petite boule d'écume qui s'en va à la dérive, pour se dissoudre ensuite à la surface liquide. Puis il recommence... sans fin, les yeux brûlés, soûlé de chaleur.

Maintenant la lettre de Blanche Bron emprunte le même chemin. Jetée par une main iconoclaste. Elle est tombée raide, à demi engloutie, comme une voile naufragée que la lame emporte. Paul la suit du regard, un moment. La bouche asséchée. Puis il court vers la maison. Apaisé inexplicablement par ce geste propitiatoire consenti aux dieux de l'impondérable.

Il court... Vers l'institut. Son refuge et sa prison.

Métaphore d'une jeune vie où prédominent,

dans l'âpreté de l'été un sentiment d'attente et, aussi, l'intuition d'une inexprimable vacuité.

***

Le nez collé à la fenêtre de sa chambre, Paul regarde tomber la pluie.

Le ciel se débonde.

Océan monstrueux et suspendu, au cœur duquel se vautrent et se déhanchent d'énormes rouleaux noirs. Etranges zeppelins en panne, gorgés d'eau, prêts à s'abîmer dans les champs.

Des gouttes, larges et tièdes, s'écrasent sur le sol de la cour qui les absorbe, assoiffé. De sourds grondements ébranlent la montagne à intervalles irréguliers. Annonciateurs de l'éclair rose qui déchire l'horizon, suivi d'une brève et violente détonation. En quelques minutes, la simple ondée se transforme en un rideau gris opaque. Dont l'impact sur la terre battue crée des rigoles, des crevasses comblées aussitôt par une eau sale et boueuse. Par bonds successifs, un domestique traverse l'espace entre les bâtiments, rase les murs, puis se faufile prestement dans l'écurie.

Paul étouffe un bâillement.

«... je m'embête ! » a suscité une remarque acerbe d'Eulalie, laquelle a vertement exclu le garçon de sa cuisine.

– Eh bien, moi, j'ai pas le temps de m'embêter ! Alors occupe-toi. Il y a assez de choses à faire autour de la maison. Va nourrir les lapins !

– ... bof... Après, on va les manger quand même.

Paul boude.

Au pied du grand lit d'Agnès, il a vidé la petite charrette rouge dont il fait l'inventaire pour la troisième fois. De la ficelle, un élastique. Une boîte de cachous, vide. Des pierres de diverses grandeurs, dont Pierre-Michel a garanti l'authenticité préhistorique. Deux images, offertes par Maud Schindler. L'une représentant le masque tourmenté de Beethoven, l'autre le visage extatique de Chopin. Un livre de lecture pour les classes primaires, donné en cadeau par le père, à Noël passé. « Il n'y a pas d'illustrations, mais tu verras, quand tu sauras lire… c'est très instructif ! »

Maussade, le garçon repousse l'ouvrage rébarbatif sous le lit. Le plus loin possible. Puis il se met à compter et recompter les billes qu'il thésaurise pour les échanger. Un nombre qui n'a guère varié depuis une demi-heure. Quatre bleues, six rouges qui viendront s'ajouter à celles qu'il trimballe régulièrement dans ses poches.

Assombrie par l'orage, la pièce s'est obscurcie peu à peu. Paul se relève. S'installe à la table d'Agnès. En entr'ouvre négligemment le tiroir. Rien de bien particulier à première vue. Des petites annonces. Des coupures de presse.

« Beauté ravissante en cinq jours – Crème Simon
– Unique pour le visage »
« Savon – crème – Poudre Hygis
Clermont et Fouet, Genève – Indispensable pour

les soins de la toilette. Fraîcheur et éclat de
jeunesse remarquable »

Et, tout au fond du meuble, souligné trois fois à l'encre rouge au centre d'une page de journal : « Diplôme intercantonal pour l'enseignement du français en pays de langue étrangère – Sion. »

Et encore : « Fille sérieuse, sachant tout faire, est demandée par petite famille. 40. – francs par mois. »

Et aussi :

« Venez apprendre l'anglais en Australie, dans famille suisse, pour fin novembre 1920 au plus tard. Voyage payé. »

Sans chercher à les comprendre vraiment Paul survole tous ces mots, qui permettaient à Agnès de s'évader.

La poitrine de l'enfant se soulève, sa tante lui manque. Bien sûr, s'il ferme les yeux, il peut faire comme si… Comme si elle était là. Mais entre l'évocation familière et le besoin indicible se glissent inopinément des images qu'il ne maîtrise pas. Des images incongrues, qui reviennent de plus en plus souvent, qui le gênent. Qu'il refoule. Qu'il refuse. Comme un rêve oppressant dont il aimerait s'éveiller. Dont il ne sait plus très bien s'il l'a vécu ou inventé.

Agnès dévêtue, ses flancs offerts, ses cuisses blanches, sa toison rousse. Ses pieds. Petits et ronds. Qui se crispent cependant que François Jacquat, perdu dans une sorte de clair-obscur, se penche – dénudé – au-dessus du corps féminin.

… des voix qu'il ne reconnaît pas. Des chuchotements. Dont les inflexions étrangères passent de la plainte à l'approbation « oui… oui… » de la supplication au halètement.

Une phrase aussi.

Qui tourne et retourne dans la tête du garçon :

– … je ne voulais pas de cet enfant.

Quel enfant ? Lui, Paul ?

Et si Agnès ne l'aimait plus ?

… qu'elle ne revienne jamais ?

Le garçon a planté ses coudes dans le tiroir à demi-ouvert, le menton dans les paumes. La pénombre efface en lui la frontière entre fantasme et réalité. Entre angoisse et colère. Comment démêler le vrai du faux dont s'accommodent si aisément les grandes personnes ?

Dans un moment, Paul ira retrouver Pierre-Michel. Lui, on peut le croire et les questions ne l'importunent pas. Enfin, pas trop… Parfois, il lui arrive de pousser un coup de gueule :

– Tais-toi un peu, gamin. Tu me fatigues. Ça suffit pour aujourd'hui.

Un court sourire étire la bouche de l'enfant. L'évocation de son vieil ami suffit à le ragaillardir un peu. Et même…

Pierre-Michel connaît-il l'histoire de Guillaume Tell ?

Peut-être la lui a-t-on racontée autrefois à l'école ? Mais alors il y a bien longtemps. Si longtemps qu'il ne doit plus pouvoir se la rappeler. Par quelle anecdote pourrait-il éprouver la mémoire de son vieil ami ?

Par celle du chapeau !

La description qu'en a faite la maîtresse l'a ravi. Un chapeau noir. Avec un galon d'or et cinq grandes plumes blanches. Ordre, sous peine de mort, de le saluer. Et voilà Tell qui arrive. Il est joyeux, a dit mademoiselle Bron. Il tient son petit garçon par la main. De l'autre, il porte son arbalète. Il ne voit pas le couvre-chef. Et il oublie de s'incliner.

Paul s'interroge. Il se dit qu'il aurait sûrement oublié, lui aussi. Mais peut-être que Tell ne voulait pas obéir, tout simplement. Parce qu'il n'aimait ni les empereurs, ni les rois. Qu'il préférait la liberté. Comme les anarchistes.

Parce qu'il se sentait libre dans sa tête, lui aussi.

... ça, Pierre-Michel devrait pouvoir le lui expliquer!

La pluie a cessé.

La montagne a reculé, refermée sur elle-même et sur ses tumultes.

L'air s'est rafraîchi et Paul l'aspire, à grande goulées. Il saute, deux par deux, les marches de pierre de l'escalier extérieur. La cour a repris ses couleurs, façade gris pâle, délavée. Presque blanche. Sol terreux. Les feuilles du grand chêne dégouttent, leur verdure ravivée par l'averse.

Les communs semblent déserts, presque abandonnés. L'enfant sifflote maintenant en grimpant les marches de bois qui conduisent au logis de Pierre-Michel Nicolet. C'est l'heure à laquelle ils se retrouvent habituellement, le vieil ouvrier et l'enfant. Paul secoue la poignée de la porte.

… celle-ci est close.

Fermée à clé.

Il n'y a personne.

Sous l'auvent, le parterre a été soigneusement balayé. Les bûches, coupées d'hier, rangées contre le mur de l'appentis, parfaitement alignées. Posées même savamment les unes sur les autres pour offrir au regard l'aspect d'une paroi alvéolée, de chair rose et veinée. Odorante. A la saveur d'écorce et de forêt. Les outils ne sont plus là. Le tronc énorme qui sert de billot a été traîné sous la volée d'escalier.

L'oiseau s'est envolé, comme dirait Nicolet soi-même.

En Paul, une inquiétude s'insinue, mauvaise. Que signifie cette absence, qui semble préparée. Où s'en est-il allé, Pierre-Michel ? Et quand sera-t-il de retour ? Le garçon tente un faible appel, mais sa voix s'enroue.

La déception est tombée sur lui comme une chape.

Au bas des marches, deux escargots tracent leur chemin luisant, baveux. Alors Paul les écrase, lentement… de la pointe de sa chaussure, dont il malaxe la matière vivante, visqueuse. Longtemps. Bouillie verte et jaune qu'il disperse finalement d'un coup de soulier vengeur.

* * *

Dans la souillarde, l'eau coule faiblement du robinet de laiton, ininterrompue. Gargouillant au-dessus de la haute motte de beurre jaune.

Eulalie a rouvert sur sa cuisine les volets qu'elle avait fermés sur l'orage.

Debout devant la table, l'enfant hoquette. Les joues empourprées, les yeux plissés sur des larmes de colère. La bouche ouverte sur un long « uhu... uhu » de désolation. De ses poings il martèle le plateau de bois dur. Débitant sur la même tonalité la même rengaine « pourquoi... pourquoi il est parti... pourquoi i'm'a rien dit? Pourquoi ? »

Impuissante, muette, Eulalie observe sans un geste la victime de ces dévastations. Paul n'est plus, en cet instant, qu'une jeune bête furieuse que la rancœur égare et boute hors d'elle-même. Il se tourne maintenant vers la cuisinière qu'il frappe, au paroxysme de sa révolte, pour s'effondrer enfin contre le grand corps amolli et tiède « pourquoi... pourquoi... i'm'a rien dit? » Les derniers mots se perdent dans le tablier de coton. Empruntée, la femme se raidit, se reprend. Et secoue finalement Paul par les épaules : « Tu vas t'arrêter, oui ? »

– ... c'est pas la fin du monde, tout de même ! Je vais te passer la tête sous le robinet, si tu continues comme ça à meugler comme un veau !

D'un bras ferme, Eulalie guide Paul vers un tabouret qu'elle repousse jusqu'à la longue table, sur laquelle elle dépose rudement un bol de lait froid. « Là, maintenant tu vas t'expliquer. »

– ... il est parti.

– Qui ça?

– Pierre-Michel.

La crainte du prénom honni force Paul au murmure. Tassé sur son siège, il pleure à petits bruits. Les yeux rougis, les lèvres gonflées. Il renifle par à-coups. S'essuie le nez avec les doigts.

– Tu n'as pas de mouchoir ?

– N-non.

– Tiens !

De la poche de sa jupe noire, Lalie retire une sorte de torchon avec lequel elle s'éponge parfois le visage et qu'elle tend au garçon, partagée entre la pitié et l'impatience.

« J'ai pas que ça à faire » se heurte à la compassion qui sourd de partout en elle. Sentiments contradictoires. Souvenirs défunts qui renaissent, défilent, impromptus, après des années d'auto-censure. Ne rien laisser paraître devant les autres. N'opposer qu'indifférence aux coups d'où qu'ils viennent. Tant il est vrai que l'on naît seul. Et que la solitude s'apprend déjà dans le ventre de la mère.

La petite silhouette accablée, courbée devant la table, la détresse qui s'en dégage, emportent par morceaux en Lalie la forteresse intérieure qu'elle s'est bâtie au fil des temps.

– Qu'est-ce que tu veux savoir ?

– Où il est allé.

– A Berne. Il te l'avait dit.

– Pourquoi i'm'a pas dit quand ?

– Parce qu'il avait prévu la jolie musique que tu es en train de me faire en ce moment.

– ... oui...

Paul agrée, dans un chevrotement contrit.

– De toute façon, il doit revenir. On a besoin de lui.

– Comme Agnès…

Lalie ne répond pas. Un soupir involontaire s'échappe seulement de sa vaste poitrine. L'enfance, décidément, n'est qu'une caricature de l'existence, vers laquelle elle s'engage dans la violence exacerbée de passions immatures, de désirs contrariés.

– I'revient quand, alors ?

«… quand tout sera terminé ! » avait avoué Pierre-Michel avant de partir, la tête basse, le sac au dos. Bâton à la main. « Vous comprenez, avait-il expliqué à Lalie – pour une fois d'accord – je ne veux pas voir ça ! Ce mariage… c'est comme si elle mourait une deuxième fois ! »

Lalie se penche à présent sur l'évier de pierre. Elle empile les assiettes qu'elle a prises sur la table. Remue des couverts. Fait du bruit dans son désarroi. Elle remet ensuite à sa place la vaisselle qu'elle vient d'emporter, gagne du temps. Marmonne à la cantonade :

– Il reviendra la semaine prochaine… Après… après le mariage de ton père. Personne ne t'a rien dit ?

Elle se détourne. Dévisage l'enfant de son œil gris, étroit et vif. La bouche de Paul s'est entr'ouverte, les lèvres blanches tout à coup. Arrondies sur un non muet. Lalie se dirige vers la bouilloire en attente sur le potager qui ronronne au ralenti. Puis elle verse l'eau bouillante dans une grande bassine émaillée. Y ajoute une poignée de cristaux de soude qu'elle lâche distraitement. Floc... floc... floc...

– Pourquoi i'se marie ?

Le garçon questionne sans conviction, la tête couchée sur son avant-bras, le regard ailleurs. La perspective des noces paternelles ne touche en lui, pour l'instant, aucun des domaines de l'imaginable. Alors que le départ de Pierre-Michel, si proche, creuse une blessure mal fermée.

– Il se marie... il se marie, parce que c'est une grande maison, ici. Qu'il ne peut pas s'occuper de tout. Que vous avez besoin d'une... de... quelqu'un. Pour que la petite Emilie puisse revenir habiter près de toi.

Silence.

– Et puis, i'se marie avec qui ?

Paul a clos les paupières. Mais il sait que Lalie remue le liquide brûlant de ses gros doigts rouges.

– ... il se marie... avec la Briod, pardi !

Le dos de la cuisinière se voûte un peu plus. « Comment lui faire comprendre qu'elle est enceinte. Et qu'il y aura bientôt, ici, un enfant de plus ! »

– ... et puis ma mère, alors ?

L'ombre d'Anna, soudain... sur le seuil de la cuisine.

Et, dans la voix de Paul – un filet de voix, presque indistinct – l'espoir. Toujours. Qu'elle revienne. Qu'elle revive, comme une plante que l'on aurait coupée et qui repousse, vivace.

– Ma fi, Paul, je ne souhaite qu'une chose. C'est

que là où elle est maintenant elle ne sache rien de ce qui se passe ici. Rien de rien !

Lalie se redresse, les poings sur les reins. Puis elle fait quelques pas rapides. Se baisse, ouvre une des portes basses de son buffet. Fouille dans les rayons :

– … c'est pas le tout. Le Nicolet a laissé quelque chose pour toi. Allez, réveille-toi ! Regarde !

Sur le bois de chêne où sont alignés les bols des pensionnaires pour le café au lait du soir, Eulalie a déposé avec précaution la grande ammonite claire. A demi dissimulée dans son enveloppe de papier journal.

Diversion.

… incrédulité.

Lentement, la main de Paul rampe vers le minéral. En fait curieusement le tour. Hésitante, comme pour l'apprivoiser :

– … c'est la… monite.

– Hé oui.

– C'est pour moi ?

– C'est pour toi.

– Il me la donne… à moi ?

– Mais oui, je te dis !

– … pourquoi il me la donne vraiment ?

– Parce que.

… parce que c'est le prix. Le prix de sa petite lâcheté d'homme et de ta faiblesse d'enfant. Et parce que demain vient à toi, chargé d'une souffrance que personne ne peut éprouver à ta place.

Lalie a levé les yeux au ciel, excédée. Elle grommelle :

– Tu as fini de me faire tourner en bourrique, oui ? Voilà maintenant que j'ai préparé de l'eau pour la vaisselle que j'ai lavée il y a une heure !

Toute sa paume arrondie sur les circonvolutions rugueuses de la pétrification, Paul se détend, peu à peu. Il se sent mou et fatigué. Assuré pourtant, quelque part au fond de lui, d'une certitude qui se précise. Sa mère n'a jamais habité un ciel vide. Son jeune corps endormi a regagné tout simplement la terre qu'elle aimait. Et s'en nourrit depuis, inlassablement.

Sous la voûte de l'ancienne cheminée, les attrape-mouches déroulent leurs anneaux gluants, tout ocellés des restes de leurs victimes. Dont certaines remuent encore. Pattes dressées, au ralenti. Prises au piège du leurre. A mi-chemin de la vie et d'une lente agonie.

TROISIÈME PARTIE

« De toute façon, la vie et la mort vont bras dessus bras dessous, n'est-ce pas ? »

F. BACON

VI

Dans la cour noyée de lumière, Paul galope, ivre de chaleur blanche. Il saute, rit tout seul. S'épuise en gambades désordonnées, fait une pause, repart en flèche. Comme si l'agitation intense à laquelle il soumet son corps empêchait le travail de son esprit, trompait son angoisse.

... une image traîne dans sa tête, qu'il n'aime pas, dont il redoute l'évidence insistante. Alors, il court. Foulant de ses pieds la réalité qu'il refuse de laisser pénétrer en lui.

Dans le costume marin trop petit, que Marie Huguenin lui a déniché... nul ne sait où, le garçon sue. La culotte de drap bleu foncé le serre, gratte la peau des cuisses. Alors il souffle un moment, rouge, haletant, à l'ombre du grand chêne dont un banc circulaire embrasse le tronc centenaire. Deux longues tables recouvertes de coton damassé ont été installées à proximité, le matin même. Pendant que la famille était au temple. Les domestiques, talonnés par la trajectoire du soleil, les ont déplacées trois fois déjà. Et maintenant, elles offrent à l'air estival le désordre des plats, chargés encore des reliefs du repas que se disputent guêpes et mouches dans un bourdonnement âpre.

Affalés sur les chaises de bois dur, les convives se taisent, immobiles et repus dans la touffeur de l'après-midi. On attend le café... les petits calices de schnaps qui délient si bien les langues et les gosiers prêts à se lancer dans les premiers couplets à boire, dans les sous-entendus un peu salaces. Pourtant, personne ne pipe mot.

Ce n'est pas une noce gaie.

« Paul, arrête de t'échauffer ! Viens par ici ! »

C'est la voix du père.

Ni sèche, ni aimable, elle commande. Comme d'habitude.

Engoncé dans un habit sombre, trop ajusté, qu'il avait revêtu avec plus d'aisance il y a dix ans, pour ses épousailles avec Anna, Emile B. semble respirer avec difficulté. Son visage plein, sanguin, penché sur une femme grisonnante assise auprès de lui, s'est tourné vers l'enfant :

– Va chercher un oignon à la cuisine. La mère de Ruth s'est fait piquer.

Confits dans leur réplétion, les autres invités n'ont pas bougé. Aux côtés du père, Ruth se tient coite. Raide, droite. Sa grossesse – à peine marquée – dûment comprimée dans un corset d'où jaillissent, comme d'une boîte, de grasses et molles épaules, entre les baleines qui transparaissent sous la robe de satin. Un col de dentelle écrue adoucit la dureté du corsage noir. Aux aisselles, deux auréoles humides, foncées et mates, s'élargissent sur le tissu brillant.

Dans le visage cramoisi de la mariée, au-dessus du nez camus, les yeux couleur d'huître se partagent une arrogance inquiète. Ils vont, viennent, s'attardent… du pasteur au mari. Du mari au pasteur, installé au bout de la table, impénétrable. Dieu le père, massif et redoutable.

Rien d'une vierge effarouchée, songe le ministre dont le regard croise celui de la nouvelle épousée. Pas bien belle non plus. Hypocrite et rusée…

A cet égard, la soirée précédente avait été exemplaire. Ernest Schindler avait fait irruption dans le bureau du directeur vers huit heures. Pestant… le col déboutonné sur sa nuque congestionnée. Trois quarts d'heure de marche, entre la cure et les bâtiments surchauffés de l'institut ! Il avait brandi la lettre de Blanche Bron qu'on lui avait remise dans l'après-midi :

– Quelqu'un l'a trouvée au bord du ruisseau ! Que comptez-vous faire ?

Accusée ouvertement de falsification, Ruth avait été convoquée dans la petite pièce étouffante et s'était défendue avec acharnement.

De dénégations en mauvaises raisons, les deux hommes s'étaient d'abord heurtés à un mur. «… je l'aime, cet enfant ! Emile le sait bien. » Puis Ruth s'était plainte : « Il n'est pas facile, vous savez. » Finalement, elle avait avoué, sans trop de gêne :

– … oui, c'était moi. Mais je l'ai fait dans son intérêt. Pour le faire réfléchir. Pour qu'il travaille mieux.

Elle avait exigé ensuite la présence du « petit ». Et Paul avait dû affronter le cercle des adultes, l'appréhension collée à l'estomac. Il avait bafouillé, bégayant. Ne trouvant pas les mots pour expliquer ce qu'il avait fait du billet de l'institutrice. Alors c'est lui que l'on avait fini par réprimander. Haut et fort. En coupable que l'on veut bien pardonner :

– Quand on te donne une commission, il te faut obéir, mon garçon ! Si le Virgile Perrin n'avait pas trouvé l'enveloppe, on n'aurait rien su de toutes ces histoires de calcul. Allez, embrasse ta mère… Et qu'on n'en parle plus !

Sa mère… Laquelle ? Anna ?

Paul avait cherché un visage. Qu'il n'avait pas reconnu. Et lorsque Ruth avait voulu se pencher sur lui, elle n'avait trouvé sous ses lèvres sèches qu'une masse de cheveux, au-dessus d'une oreille brûlante.

Le pasteur avait refermé la porte sur le couple. Ajoutant pour un interlocuteur invisible :

– … il est parfois bien difficile de servir Dieu à travers ses créatures, n'est-ce pas, mon cher Emile ? Alors, à demain ?

Dans la grande cuisine que les volets tirés enferment dans une sorte de clair-obscur, la femme de charge et Marie Huguenin se relaient à la plonge. Les assiettes passent ainsi du râtelier de bois – où elles s'égouttent lentement – au linge à carreaux que manie maladroitement l'une des aides. Une gamine venue du village gagner quelques sous. Assise sur un tabouret, Marie s'envoie, le coude haut levé, un reste de cidre. Frida, un fond de rouge.

Son vaste abdomen appuyé au bord de la table, Lalie fait tomber sans ménagement une série de petites cuillères argentées dans de hauts verres vides :

– ... vingt-neuf, trente, trente... deux, trente-trois, trente-quatre.

Elle marmotte pour elle-même : « Une bien petite noce ! »

– ... comme s'ils avaient honte ! C'est bien fait.

Elle verse le café brûlant dans les récipients transparents. Prenant soin d'ébouillanter d'abord l'argenterie qui tinte contre les bords minces. Commente à mi-voix : « Quand mon frère s'est marié, on était cent vingt. C'est ce jour-là que l'oncle a perdu un doigt. A cause d'un pétard. »

– ... bien sûr, c'était avant...

Avant quoi ? Avant la guerre ? Avant la mort d'Anna ? Ou avant ces noces qui la mettent en colère ? La cuisinière retient un soupir. Soulève un des lourds plateau avec un « han » d'effort. Puis, à mi-chemin de la porte, aperçoit Paul, silencieux :

– Qu'est-ce que tu veux ?

– Un oignon. La mère de Ruth s'est fait piquer.

– Alors attends-moi... je reviens !

Attendre... Paul ne demande que ça.

Il aime se retrouver à la cuisine. L'immense local lui offre à la fois le mystère de la caverne et sa sécurité. D'ailleurs, à l'exception de l'enfant, Eulalie n'y admet que peu de monde. Le seul mouvement qu'elle y tolère, étant celui qu'elle y crée – pas comme aujourd'hui…

Paul a repris sa posture familière. Assis, le visage posé sur la table, entre ses bras allongés. La petite douleur habituelle frappant à sa tempe droite. La chaleur, la semi-obscurité, les femmes qui parlent à mi-voix l'incitent à une sorte d'endormissement, proche du rêve.

L'intérieur d'un temple, la douceur des sous-bois…

De ces lieux calmes, apparemment vides, qu'habite pourtant l'indéfinissable. La forêt dense, complice et fraîche que perce avec peine le soleil caniculaire. Le chemin de terre qu'arpente en cet instant même Pierre-Michel Nicolet. Alerte, pour une fois satisfait. Peut-être qu'il sifflote, à son habitude. Ou qu'il boit un « Schluck », assis sur une souche, au bord du chemin.

Paul entend sa voix :

– Tu vois, camarade, chaque fois que je peux, eh bien… je prends des sentiers forestiers. La forêt, c'est mieux qu'une église. On ne peut pas y être mauvais, qué ?

« Tu es rouge comme un coq ! » Cette voix-là, c'est celle d'Eulalie. Elle scrute le visage de l'enfant, dont les pommettes ont viré à la framboise. Elle lui prend le menton dans les mains. Lui parle dans la figure : « Tu as mal à la tête ? » Paul fait oui, des paupières.

– Alors, enlève-moi cette vareuse ! On cuit ici. Frida, amène l'autre plateau, pendant que je m'occupe du gamin !

Sans avoir eu le temps d'ouvrir la bouche, le garçon se retrouve les avant-bras en l'air, le survêtement marine retourné par-dessus la tête, comme un lapin qu'on dépiaute.

« Là… c'est mieux ! » Lalie passe avec rudesse les doigts dans les cheveux en bataille. Rajuste rapidement le maillot rayé, largement échancré sur la nuque de Paul. Fourre dans la main du garçon un gros bulbe blanc, habillé encore de sa pellicule rose qui se défait, dans un bruit de papier de soie.

– Tiens, le voilà ton oignon. Tu leur diras… après l'avoir coupé, il faut frotter doucement. En rond.

Puis elle boute l'enfant hors de l'éden.

L'enfant trébuchant, ébloui par la lumière que reflète – comme un mirage qui bouge – le carrelage du couloir fraîchement encaustiqué. L'enfant qui se retourne et interroge plein d'espoir :

– Tu crois qu'elle se fera piquer aussi, Ruth ?

***

Dans la cour où la chaleur stagne, la belle-mère ne se sent pas bien. Le petit verre de pomme-de-terre qu'on lui a fait ingurgiter – c'est peut-être l'estomac ? – ne lui a pas convenu. Et ses lèvres ont foncé brusquement, bleuies.

Des costumes noirs, des robes claires entourent maintenant Marguerite Briod, se penchent sur elle : « Il faut appeler un docteur ».

– Emile, vous avez le téléphone ?

Ruth propose d'emmener sa mère à l'intérieur. Dans la chambre de Paul, parce qu'il y a de la place.

Des chaises sont écartées bruyamment. Des serviettes tombent à terre. Marquées, comme les longues nappes qui caressent le sol, des initiales « A. S ». Le trousseau d'Anna !

On installe Madame Briod sur un fauteuil d'osier. Elle a fermé les yeux. Sa respiration s'est accélérée. Son poignet, sous la manche découpée aux ciseaux, est devenu énorme et violacé. L'enflure monte doucement jusqu'au creux du bras, atteint le coude.

« Il faut la coucher, c'est plus prudent... » Emile B. a rejoint sa femme. Il s'empare du bras valide de sa belle-mère pour la soulever. Une petite cohorte se forme, qui accompagne la malade jusqu'à la porte de la maison.

Les autres invités se sont levés, histoire de se dégourdir les jambes. Quelques messieurs se retirent discrètement, pour se soulager dans la nature. Du côté des sapins bleus.

Le pasteur est resté assis. Il se bat avec un cigare énorme dont il n'arrive pas à sectionner l'extrémité correctement.

Paul, sans bruit, s'est glissé à la place du père. En face d'Agnès qui, depuis le début du repas n'a cessé de porter Emilie, agrippée à son cou, comme le ouistiti cramponné aux épaules de sa mère.

A-t-elle prononcé trois mots depuis le matin, Agnès?

Présente à la cérémonie religieuse, elle a accompagné du souffle de l'harmonium les différents versets qui ont rythmé l'échange des serments et des anneaux. Puis elle a regagné sa place, au premier banc. Inattentive à l'événement. Reprenant Emilie sur ses genoux, comme on reprend possession d'un colis temporairement confié à un tiers. Indifférente et sans tendresse.

Paul, intimidé, ne sait plus comment interpeller sa tante. Il ne la reconnaît pas. Amaigrie, pâle, elle affiche une nouvelle coiffure : les cheveux courts, à peine ondulés de chaque côté du visage. La nuque mince et dégagée.

... l'absence a volé à Paul la sœur de sa mère. On lui rend aujourd'hui une étrangère, qui le regarde à peine.

Découpées en portions généreuses, les tartes aux cerises attendent le bon vouloir des hôtes égaillés dans la cour.

Seul à table, Paul se sert. Une tranche copieuse qu'il transfère gravement de sa paume ouverte à une assiette sale, choisie au hasard devant lui. Il n'a plus très faim. Alors il s'amuse à desceller de ses doigts les petits globes mous et presque noirs, insérés dans la pâte violette. Et qu'il avale très vite. Un à un, mécaniquement, noyaux compris. Il boit aussi plusieurs gorgées du vin qu'Emile n'a pas eu le temps de finir.

Sur la nappe, une guêpe vibrionne. Se pose, repart, accomplit une sorte de looping, reste accrochée par une patte au motif du tissu. Piégée aussitôt par le verre que l'enfant renverse sur elle, prestement. Paul, maintenant, dirige avec précaution – sous la coupe de cristal – l'insecte prisonnier qu'il fait glisser par à-coups vers la place inoccupée à ses côtés. La place de Ruth. Puis, satisfait, mais l'estomac un peu lourd, il s'adresse à Agnès :

– Si tu veux, je peux montrer les lapins à Emilie.

L'arête faîtière du bâtiment scolaire vient de gober le soleil, d'un coup. L'air s'est très légèrement adouci. L'atmosphère devient presque agréable. Chacun regagne sa chaise en bavardant. « Le médecin va venir, on sera plus tranquille. »

Agnès s'est éclipsée, dès le retour de la parentèle.

Elle n'a plus rien à faire ici. Ces gens ne sont pas de sa famille. A part ses neveux, qui la rattache encore à Anna ? Elle s'excuse auprès de ses voisins immédiats : « ... je monte un moment... des paquets à finir. » Elle sait que dès qu'elle aura tourné les talons, elle fera l'objet de commentaires. Malveillants pour la plupart. Mais cela lui est égal. Demain, elle sera loin.

– Oui, elle s'en va. Après tout ce qui est arrivé... Ruth lui a fait comprendre qu'elle ne pouvait plus rester.

– Elle quitte la Suisse ?

– Pour l'Australie. Dans une famille. On n'a encore rien dit aux enfants.

– Et… l'instituteur? Comment s'appelait-il déjà?… Jacot… Jacquat?

Quelqu'un chuchote à l'oreille de la voisine. Qui transmet le message à la personne la plus proche. Qui le répète elle-même un peu plus loin. On hoche la tête, d'un air entendu.

Sur le pas de la porte, Agnès croise Eulalie.

– Paul est avec Emilie, je monte au premier.

Là-bas, sur le chemin qui mène à l'entrée de l'institut, devant les écuries, une silhouette se profile, Madame Schindler… derrière un immense bouquet de roses pourpres.

Ottoline sautille autour de sa grand-mère. Elle porte des sandales blanches sur des socquettes de même couleur.

***

A Perth, Agnès donnera des leçons de français.

Sur le lit de la chambre qu'elle a occupée au début de son séjour au Long-Pré deux cartons sont déjà fermés. Il reste encore une petite malle à remplir, dont le fond est tapissé de livres. Hâtivement, des partitions de piano rejoignent quelques classiques emballés dans du papier brun. Un Larousse, un dictionnaire anglais-français suivent rapidement le même chemin.

… enfin, concession ultime à l'urgence de l'instant, la jeune femme ajoute à une pile de cahiers vierges deux poèmes de François Jacquat.

Pour Agnès, ma rêveuse
Agnès, quand le soir descend
Après avoir déchiré tous les autres, relira-t-elle jamais ces deux-là ?

La jeune institutrice circule dans la pièce, le visage en sueur, les pieds gonflés. Absorbée, indécise. L'esprit en partie absent. Le temps imparti avant le départ est bien court et ne laisse guère de place aux questions. Demain, à la première heure, c'est le train pour Genève, Marseille. Et puis le désordre du port, le bateau, la mer – qu'Agnès n'a jamais vue – et… l'inconnu.

Que prendre avec soi ? Ou que laisser encore ?

L'absence, la fuite ! ne tuent pas nécessairement le passé.

Au-dessus de la commode, des photos de famille attendent dans leurs cadres d'acajou. Visages sévères, tenue rigide. Même les enfants gardent la bouche serrée et le regard inquisiteur.

A gauche, voilà Anna adolescente. A droite, Emile et Anna, le jour de leurs noces. Au centre, Emile, Anna, Paul et, sur les genoux de sa mère, Emilie, noyée dans un flot de ruchés et de dentelles. Et puis, dans le premier tiroir du meuble, égarée au milieu des mouchoirs, une mèche… couleur de pain cuit.

Les cheveux d'Anna, coupés juste avant sa mise en bière.

Prise d'une émotion soudaine, Agnès sent tout à coup ses défenses l'abandonner, son assurance se dérober. Désemparée, elle se met à pleurer sans bruit. Debout. Sa tête rousse inclinée sur la poitrine, le corps vide et le remords pesant. Le désarroi la possède tout entière, saisissant ses membres, son ventre que la douleur fouaille encore parfois.

« Attention ! Pas de bêtises avant six mois au moins ! » a spécifié le médecin. La jeune femme s'essuie les yeux nerveusement. Suce du bout de la langue une larme, perdue le long de sa lèvre. Emet un petit ricanement amer : pour faire ces bêtises-là, il faut être au moins deux !

Sa gorge se serre, mais déjà Agnès se reprend. « Je ne regrette rien. » Butée, elle s'accroche à ses certitudes. « C'est ma vie. Elle m'appartient. Je ne dois rien à personne. »

Pas même à sa mère, dont les yeux tristes la poursuivent. Des yeux qui ne se mouillent même plus. Et que la pauvre femme cache dans son tablier de paysanne où elle presse son visage fatigué :

– … en trois ans, j'aurai perdu mes deux filles. Dis que tu reviendras !

Le père, lui, n'a pas le temps de parler, pris par le train de sa ferme à Sornetan. Mais la hargne de son silence, la violence de son coup de fourche dans le fumier en disent plus long que n'importe quelle remarque à propos d'un départ qu'il désapprouve, d'un scandale qu'il ne pardonne pas.

Comme un couperet séparant définitivement hier d'aujourd'hui le couvercle de la malle se referme, dans un claquement sec. A quoi bon s'encombrer…

Les photos resteront au mur, puisque Paul habitera désormais cet endroit. Seule la boucle de cheveux a trouvé grâce. Casée, enserrée entre deux tomes de grammaire française.

Les souvenirs n'ont nul besoin d'accessoires. Ils savent d'eux-mêmes éclore ou tarir, s'épanouir ou mourir. Selon le terrain dans lequel ils ont été mis en friche.

Par la fente des volets entr'ouverts, Agnès peut voir à présent Paul et sa sœur, la main dans la main. La petite, la tête levée vers son aîné. Lentement, ils longent la maison d'habitation, pour s'enfoncer ensuite dans l'herbe haute, du côté du verger. Là, où les pommes sont encore vertes. Puis ils disparaissent, solitaires.

***

Derrière le gros bouquet tout bruissant de fleurs fraîches, une robe de broderies blanches a esquissé une courte révérence.

Ottoline présente gracieusement à la mariée les fleurs que sa grand-mère vient de cueillir dans le jardin de la cure. Ruth remercie, de mauvaise grâce, le visage fermé.

«... de toutes façons, elles ne sont pas venues pour nous, mais pour le gamin. Alors... »

Madame Schindler tend la main à Emile, félicite la nouvelle Madame B. puis, tournoyant élégamment sur ses chaussures de ville, elle demande d'un air détaché, comme si elle cherchait quelqu'un :

– Paul n'est pas là ?

Non, Paul n'est pas là. Il vadrouille avec sa sœur. Mais sûrement qu'ils ne vont pas être longs. Asseyez-vous donc.

– … c'est gentil d'avoir passé.

On se serre pour faire de la place à la belle-sœur du pasteur. On l'observe à la dérobée. Il y a si longtemps qu'elle a quitté le pays.

… tiens, elle s'est fait couper les cheveux. Elle aussi.

Et cette robe de crêpe clair ! Pour une femme de son âge !

Un beau brin de fille… autrefois. Partie avec celui des Schindler que la théologie n'intéressait pas. On ne les avait plus revus. Qu'étaient-ils allés faire en Angleterre ?

Maud s'est assise sur le fauteuil de rotin que l'on a poussé vers elle. Elle chasse de la main un insecte importun, disloque de ses doigts la volute grise et transparente qui s'étire vers elle. Tance son beau-frère :

– Ernest ! Quand cesserez-vous de fumer ces affreux cigares ?

Elle se tourne vers les autres invités :

– C'est une année à guêpes et à mouches, on dirait…

Ruth ouvre la bouche pour approuver, mais un coup de klaxon rauque l'interrompt. Elle se lève soulagée : « C'est le docteur ! Pour ma mère. »

Les hommes repoussent leurs chaises, se bousculent pour aller voir de près la Martini qui se range près des écuries. « Quinze mille francs » souffle une voix dans le dos d'Emile. « Vingt et un mille, exactement. Je me suis renseigné » corrige quelqu'un d'autre. Un rêve passe... Combien de génisses, combien de pouliches faudrait-il vendre, pour acquérir cette merveille de la mécanique !

Dans le ciel indigo, là, juste au-dessus des têtes, un vol de corneilles s'éparpille. Agressifs, les oiseaux se poursuivent, traversent la cour d'un toit à l'autre, en croassant, comme s'ils avaient été dérangés. Lalie, occupée à recharger un de ses plateaux, lève le nez, intriguée. Tend une oreille attentive, alertée soudain... des cris viennent de loin. Des cris d'enfants, comme un appel, assourdi par la distance :

– Nom de bleu ! C'est la petite ! Ça vient du verger !

La vaisselle cascade sur la table. Du café coule le long de la nappe blanche. Ottoline s'élance. Lalie lui emboîte le pas, ses jupes retroussées sur ses jambes lourdes. Pivotant sur elle-même, Maud s'écrie :

– Je vous suis !

***

Dans la paix vespérale de l'immense verger où les arbres fruitiers s'inclinent sous le poids de leurs branches, Emilie pleure, à grands cris. La bouche large ouverte, le souffle court. Du sang coule de sa joue sur sa robe blanche, déjà maculée de terre et de jus de cerises. Ficelée comme un otage au tronc bas du premier pommier, elle se débat, trépigne, hurle encore. Terrorisée. Elle n'a rien compris. Et prononce des sons inarticulés, tout son petit torse secoué de spasmes.

Maud s'est précipitée vers l'enfant, pour la détacher à grand-peine, tant la cordelette dont elle est emberlificotée s'est incrustée dans les découpes de son vêtement. La petite a un œil fermé, tuméfié déjà. Ses cheveux blonds sont collés par plaques sur le front. La tête enfouie dans les bras de Maud, elle halète, sans parvenir à se maîtriser :

– ... la pomme... la pomme...

Effrayé, dépassé par la tournure que prennent les événements, l'auteur de la tragédie se tient un peu en retrait. Ses yeux angoissés trouent un visage blême. Il a l'air d'un clown triste, maquillé de lie-de-vin, souvenir de la tarte dont il s'est empiffré sans s'essuyer la bouche. Les bras ballants dans son tricot rayé, taché de violet, sa fronde encore au poing, il répète – symbole même de l'incompréhension :

– Je voulais pas lui faire mal ! Seulement jouer... Comme Guillaume Tell ! Mais elle bougeait sans arrêt ! Alors j'ai dû l'attacher... parce que la pomme tombait tout le temps !

Une main sur la poitrine, Eulalie cherche sa respiration :

– Paul ! Est-ce que tu te rends compte que tu aurais pu lui crever un œil ?

– Non.

Le garçon baisse les yeux. Sa lèvre inférieure tremblote. La volonté de retenir les sanglots qui se pressent en lui se heurte à un besoin nauséeux qui remonte de l'estomac.

Plantée à un mètre, Ottoline le regarde avec curiosité.

Plus loin, Madame Schindler le dévisage. Interrogative, navrée.

Alors, soudain, il se sent irrémédiablement seul. Une île qui vacille. Un roc, qui se balance, au sein d'un environnement hostile. Les images vagabondes qu'il n'a cessé de refouler au cours de la journée reviennent en force. L'assaillent sans ordre. Se chevauchent dans son esprit.

... la cérémonie du mariage, le matin. Au cœur du temple froid et obscur.

Le trajet silencieux dans la calèche conduite par Emile.

La croupe massive de la jument se déhanchant lourdement devant eux. L'odeur forte du pelage brillant, les émanations de cuir et de musc qui montent de la bête en plein effort. La voix du père : « Allez, hue... hue... »

Le pasteur tonnant. Ses grands bras noirs étendus. Un rapace, déployant ses ailes...

« Dieu a créé l'homme à son image. »

... la fronde... qui se tend. La bille, qui part. Le cri d'Emilie.

Le cri.

Les cris.

– Bon... Le voilà qui vomit, maintenant ! Ah ! c'est une belle journée !

Eulalie secoue la tête, tout en soutenant celle de Paul qui rend tripes et boyaux dans l'herbe, sur la robe de Madame Schindler et dans le tablier de la cuisinière. Eructant, rejetant dans un élan incoercible sa peur, sa colère, ses chagrins, les questions sans réponses, les noyaux de cerises et le bourgogne qui ont refusé de se mélanger.

Selon l'ordre inverse dans lequel elles se sont précipitées, Eulalie – portant Paul – Maud Schindler, Emilie lovée à son cou et Ottoline font leur rentrée dans la cour où les accueille un petit groupe médusé.

La voix de Marie Huguenin disperse le silence : « Eh bien... heureusement qu'il y a le docteur ! Il pourra soigner la compagnie ! »

... quelqu'un ajoute, hors de propos, decrescendo, dominant toutefois les conversations qui se réveillent :

– ... ça y est ! Maintenant ça me revient ! Fred Schindler était pianiste à Londres. Dans un orchestre symphonique. Bien avant la guerre...

Ottoline s'est assise un peu à l'écart. Et tente, à l'aide d'une serviette, d'atténuer les traces vertes que l'herbe du verger a laissées sur ses sandales claires.

***

La jument, attelée, piaffe dans l'air frais du petit matin.

On l'entend bien du couloir où Agnès se hâte pour la dernière fois.

... sans bruit, la jeune femme ouvre la porte de la chambre qu'elle a partagée avec Paul pendant deux ans. Un rai de clarté pénètre en même temps qu'elle dans la pièce encore obscure. Mais, tombés dans leur propre nuit comme des pierres, les trois occupants ne bougent pas.

Un ronflement inégal s'élève du grand lit où la mère de Ruth s'est endormie le soir auparavant. On lui a retiré son jupon, puis on l'a dégrafée simplement, et bordée d'une couverture de laine. Couchée, collée au corps adulte encore inconscient, la petite Emilie fait entendre un souffle presque imperceptible. Un pansement de fortune, enroulé autour de sa tête, la coiffe d'un curieux bonnet de nuit.

Une odeur aigrelette flotte dans l'air tiède et confiné.

A pas de loup, Agnès s'approche du divan où le garçon est étendu sur le dos, comme un gisant. Il dort profondément, la main encore crispée sur le tablier bleu. Du moins est-ce ainsi qu'elle le devine dans le demi-jour. Devrait-elle le réveiller? Lui dire qu'elle s'en va...

Une onde d'appréhension monte aussitôt chez Agnès, de la taille aux épaules, chaude, porteuse des battements sonores de son sang. Elle n'a guère recherché son neveu, ces dernières semaines. Qui s'occupera de lui, dorénavant?

Culpabilité, gêne. Regret.

«... Anna... je n'ai pas su. Privilégier tes enfants. Protéger ton souvenir. Je n'ai aimé que moi-même.

Parce que chacun n'aime jamais que soi. Pourtant, je ne voulais pas grand-chose. Une vie différente, différente de la tienne. C'est tout... »

Agnès se sent lâche et désarmée. Mais il n'est plus temps. Cet instant, déjà, ne lui appartient plus. Elle se penche, esquisse une caresse au-dessus du front du dormeur. Se baisse dans un dernier geste familier pour fouiller dans les pantalons bleu marine jetés au bas du lit. Ceux-là n'ont pas de poches !

« Je reviendrai ! », c'est ce qu'elle aimerait promettre à l'oreille de Paul. Les amarres une fois rompues, pourquoi revenir en arrière ?

Rien. Elle ne fera rien. Elle referme doucement la porte sur la pénombre de la pièce et la dérive de ses trois dormants, repartant comme elle est venue. Sur la pointe des pieds.

Adieu...

Paul et Emilie.

C'est un peu d'Anna que je quitte en même temps que vous. Mais l'envie qui me presse est trop forte, irrésistible... de partir, de respirer plus large, de sauter dans l'inconnu, de sentir sur moi le souffle d'une liberté neuve. Et ce besoin est toute ma force.

... même si je vous ai aimés.

Il est l'heure. Au-dehors les sabots s'impatientent.

L'aube s'est levée maintenant, dans un ciel hésitant.

La cour est encore vide. Mais on devine à l'intérieur des bâtiments toute une vie cachée qui s'éveille peu à peu. Une rumeur, un bruit naissant, qui ira s'amplifiant, annonciateur d'une journée nouvelle qu'Agnès ne connaîtra pas. Qu'elle vivra ailleurs. Autrement.

– … à la gare ?

Les yeux d'Auguste, le cocher du jour, se sont tournés vers la passagère, indifférents. Ils ne demandent pas de confirmation. La charrette s'ébranle dans le crissement de ses hautes roues, les bagages d'Agnès – deux cartons, une malle, une valise – serrés sur le pont arrière. Sans doute François Jacquat a-t-il suivi le même parcours. Lui, que l'on n'a plus revu après le dernier jour d'école.

Au bas du porche, devant les escaliers qui mènent aux cuisines, Lalie se tient immobile. « Elle me déteste parce que je quitte les enfants ! »

Agnès tire sur son chapeau – une jolie cloche de paille jaune – son dernier achat. « On ne voyage pas tête nue, ça ne se fait pas ! » Elle agite la main, machinale. Au revoir ! Mais la cuisinière ne bouge pas. Elle crie seulement à l'adresse d'Auguste :

– Tu n'oublieras pas mon sucre. Et la farine ! Deux sacs !

La jument s'est mise au trot, tout naturellement. Elle passe devant le pont de grange, ralentit imperceptiblement devant les écuries. Puis elle file dans le chemin poussiéreux, sous la haie de hêtres et de noyers. Les rênes relâchées, Auguste scrute le haut de la montagne, vers la droite :

– … le soleil va cogner aujourd'hui.

Agnès ne répond pas.

Elle a fermé les yeux. Le temps qu'il fera ici ne la

concerne plus. Sourde aux bruits du quotidien, au pépiement qui tombe du haut sapin noir, elle s'isole en elle-même. Fermée à la magie de l'été qui va mourir lentement, au fil des jours. Pour renaître, en même temps qu'elle, là-bas… Aux antipodes.

Elle est déjà partie.

Quelle heure peut-il bien être à Perth ?

VII

C'est jeudi. Paul et Ottoline ont déserté le jardin de la cure pour aller jouer en face, à quelques mètres. Sur les bords de la fontaine communale. Formée de deux parties rectangulaires dont l'une se déverse dans l'autre, en contre-bas, elle occupe le centre de la place du village. Et Paul, en rentrant de l'école, ne la dépasse jamais sans y tremper deux doigts ou toute la main…

Elle miroite, maintenant, à l'ombre des platanes dont les feuilles neutralisent l'impact du soleil et dessinent un tapis mouvant sur les pavés irréguliers.

Perdus dans leur univers, à la lisière du temps, les enfants se sont tus. Tout entiers réfugiés dans le bien-être que leur procure la fraîcheur de l'eau dans laquelle ils plongent jusqu'aux coudes.

Ottoline a monopolisé le bassin du haut – le plus grand – où elle s'applique à noyer sa poupée Nanie. Nanie, qui n'en finit pas de mourir, ses cheveux délavés entraînés comme des algues vers la bonde de calcaire.

Paul, lui, essaie de faire naviguer toute une flottille de papier journal, dont la matière pompe inévitablement le liquide et envoie aussitôt les bateaux par le fond. Le garçon a enlevé ses chaussures. Jambes nues, il patine dans la boue qui s'est formée au pied du bassin où de son poing, il a déclenché une tempête meurtrière.

Ottoline porte un fourreau de toile rose, sans manches. D'où jaillissent ses bras graciles et veloutés, brunis par l'été. A chacune de ses oreilles, elle a suspendu de somptueuses poignées de cerises noires... dont elle détache parfois un fruit. Qu'elle savoure lentement. Son étrange regard bleu-violet fixé sur Paul :

– ... tu en veux ?

– Non.

– C'est parce que tu en avais trop mangé, que tu as été malade.

Paul rougit. Se tortille. Se perd dans la contemplation de ses pieds. Quand Ottoline l'observe de cette manière, il a l'impression qu'il ne peut rien lui cacher. Et que, femme, elle sait tout de lui.

– ... peut-être que tu avais du chagrin, parce que ta tante est partie ?

Paul se bute : « C'est pas vrai ! » On atteint là des profondeurs intimes qu'il se refuse à explorer. Même tout seul.

– Tu sais où elle est partie, ta tante ?

– Oui.

– Moi aussi. C'est Grand-mère qui me l'a dit.

– Où elle est alors ?

– En Australie ! Tu sais quelle langue on parle là-bas ? L'anglais. Si tu veux, je peux t'apprendre des mots.

Paul ne sait trop que répondre. L'assurance de la fillette lui en impose le plus souvent.

… le monde qu'elle traîne à sa suite, surtout. Qu'elle fait surgir inopinément d'une phrase, d'une image, d'une idée. Un monde inconnu, qui ouvre à l'enfant des perspectives ignorées, d'où sortent – comme par magie – soie et or, musique et châteaux, espace et voyage.

Dans la famille d'Ottoline, on s'embarque sur de hauts navires en partance qu'attire, vers l'Afrique ou vers l'Asie, l'appel des sirènes mugissant dans les ports. On part à la chasse au Kenya y tuer de vrais lions, on monte aux Indes de vrais éléphants. Et Virginie Schindler descend du ciel aux commandes d'un aéroplane pour lequel elle a reçu un vrai brevet de pilote.

Le brusque départ d'Agnès fera-t-il gagner à Paul un rang supérieur dans l'échelle de cette hiérarchie de l'exotisme ? Pour l'honneur, il lance, péremptoire :

– C'est l'hiver, maintenant, en Australie !

– L'hiver… comment tu le sais ?

– C'est la maîtresse qui me l'a dit. A l'école…

L'école. Ce lieu mystérieux où Paul se rend tous les jours de la semaine. Et qu'Ottoline n'a jamais été autorisée à fréquenter. Un moment, la fillette reste sans voix.

… l'hiver en Australie…

De hautes montagnes blanches et glacées, comme à Saint-Moritz ? Ou des plaines infinies, qui se confondent à l'horizon, comme dans la Russie de Pierre-Michel Nicolet ? Ottoline se ressaisit. Puis déclare avec dignité :

– Il ne peut pas y avoir l'hiver en Australie. A cause des kangourous.

– Qu'est-ce que c'est des kangourous ?

– Viens... Grand-mère va nous expliquer ! Mais tu dois remettre tes chaussures.

Les enfants s'affrontent, les yeux dans les yeux. Pour une fois, Paul rit. La bouche largement fendue sur des dents de loup. La fillette l'entraîne par le bras. Elle glousse, pouffe de joie. Petite déesse dorée, rose et bleue, qui agite Nanie, ruisselante, dans de grands moulinets qui font danser sa natte charnue, de droite et de gauche.

De la place du village, quelqu'un leur crie :

– Hé... les gamins, vous viendrez enlever tout ce papier dans la fontaine. C'est pas bon pour le bétail, ce butin-là.

Mais ils n'entendent rien.

Car Paul irait jusqu'au bout du monde, comme ça... avec Ottoline, la main dans la main. Oublieux de tous, dans le bonheur immobile et suspendu.

Sur la table ronde du salon, le goûter est préparé.

Il y a, dans une carafe, du thé froid, aromatisé de menthe et de citronnelle. Il y a aussi de drôles de petites tartines, sans croûte, découpées en triangles dans le gros pain jurassien. Et puis… un cake, aux fruits confits, que Paul a apprivoisé et qu'il mange silencieusement. Une serviette brodée sur ses genoux couronnés.

***

Par la fenêtre, Maud voit trembler les charmes.

Un petit vent frais emporte les premières feuilles sèches, qui s'en vont vieillir ailleurs. C'est le mois d'août encore, mais l'automne embusqué se trahit déjà. Il y a, dans la saison qui s'en va, des langueurs de femme.

On devrait se méfier lorsque la vie traîne ainsi les pieds et cherche à duper son monde. Tout semble définitivement enlisé dans le même sillon. Destiné à demeurer immuable et, pourtant, demain bousculera la réalité d'aujourd'hui, brutalement. Cul par-dessus tête.

Et rien, plus jamais, ne sera comme avant.

Maud Schindler s'étire sans bruit.

Voilà près d'une demi-heure qu'elle s'est tue. Les yeux fixés sur les doigts malhabiles de Paul. Il frappe les touches du grand piano, sans conviction. Insoucieux de ce qui l'entoure, la moue obstinée. Les paupières abaissées sur ses mains qui parcourent le clavier comme si elles inventaient au fur et à mesure la mélodie qu'elles en tirent.

Petit moment fugace, rond et plein. Qui ne reviendra plus. Sans doute perdu pour toujours.

Ottoline et Maud vont partir dimanche.

Madame Schindler ne verra pas grandir Paul.

Ce profil d'enfant qui provoque en elle une émotion et une tendresse qu'elle ne renie plus... ce visage va se modifier. Les joues vont se creuser, la bouche se durcir, le regard s'aiguiser. Un jour, Paul sera adulte. Elle ne le reconnaîtra plus. Il l'aura oubliée.

A quelles passions va-t-il s'écorcher ? Dans quels chemins va-t-il s'égarer ? De quelles guerres la folie humaine va-t-elle marquer son parcours ?

Pour Paul, déjà, Maud ne peut plus rien. Même pas lui épargner le choc de cette nouvelle séparation. Partir... Comment le lui annoncer ?

« Paul, ceci est ta dernière leçon. Nous allons quitter le village, Ottoline et moi. Pour l'Angle-terre. Nous ne savons pas quand nous revien-drons ! »

Parce que l'existence n'est qu'une suite de feintes et d'accommodements, elle se sent incapable d'un tel aveu.

... peut-être souffrirait-on moins si l'on assénait, d'un coup, ces vérités que l'on met tant de temps à se déguiser les uns aux autres ?

Dans la vaste pièce tranquille, Maud cherche à meubler le silence. Elle tourne sa chaise vers l'enfant. Elle se penche vers lui. « Gentiment », pense-t-il. Elle toussote :

– Dis-moi, Paul, est-ce que tu as eu du plaisir à faire de la musique ?

– ... pas tellement...

Il chuchote, parce que la question l'embarrasse. Il n'ose pas regarder Maud en face.

Elle rit, brièvement. «Je vois!»

– Eh bien... que dirais-tu d'arrêter le piano, complètement? L'école va bientôt recommencer. Tu auras de nouveau des tâches et beaucoup moins de temps pour t'exercer. Alors... on dit que c'est fini? Depuis aujourd'hui?

Maud n'aime pas mentir. Si sa voix sonne faux, les mots pourtant paraissent convaincants. En tous cas, l'enfant ne semble pas mécontent de l'arrangement. Il acquiesce même, docile. Madame Schindler en profite pour aller chercher une étroite bande de feutre qu'elle couche avec sollicitude sur les touches du grand Steinway. Puis elle reste debout, pensive... frappe une note à travers le tissu. Résonance du passé. Paul ne peut deviner quels sons merveilleux Fred Schindler savait tirer de cet instrument-là. Autrefois.

Maud abaisse le couvercle galbé, doucement. Puis elle contemple le garçon, toujours assis sur son tabouret. Il attend, les mains sur ses genoux recouverts de drap gris. Engoncé dans une sorte de gilet trop large pour lui. Que pressent-il? L'après-midi n'est pas achevé.

Elle a des yeux bizarres, un peu rouges. Que l'enfant ne lui a jamais vus. Elle ouvre la bouche aussi, sans qu'aucun son n'en sorte. Comme si la belle-sœur du pasteur était sur le point de dévoiler un secret important. Mais finalement elle ne se parle qu'à elle-même :

– Attendons Ottoline, elle travaille en haut, avec son grand-oncle.

Maud se rassied. Envoie en direction de Paul un rapide sourire de convention. Le cœur lui manque. Depuis que sa tante est partie, le petit a l'air plus propre, « mieux tenu ». Mais tellement triste :

– Tout va bien pour toi, Paul ?

– Mais oui.

– Tu n'as rien à me raconter ?

– Non...

Il hausse les épaules, les lèvres serrées. Il n'a pas envie de se confier. Même à la grand-mère d'Ottoline. Que lui dire, d'ailleurs ?

... que sa jeune vie a basculé, parce que le décor en a été brusquement changé ?

Que Ruth a saisi le prétexte du grand lit vide dans la chambre à coucher pour décréter aussitôt qu'Emile et elle l'occuperaient désormais. Et que ce serait l'occasion idéale pour faire rénover cette partie de la maison. Et y installer l'électricité ?

Et que Paul s'est trouvé relégué depuis peu dans la pièce proche de la salle d'eau. Là, où Agnès a passé ses premiers mois au Long-Pré. Et Anna, les premiers jours de sa maladie.

– Tu es assez grand. Tu peux dormir tout seul !

Le silence est retombé, entre la femme et l'enfant. Mince, perméable. Comme un voile ou une porte laissée entr'ouverte... pour que l'on puisse se voir, encore.

Sérieux, Paul précise, du haut de sa chemise rayée de petit homme :

– C'est Lalie qui s'occupe de moi.

Et ses yeux, en même temps, s'adressent à Maud comme pour dire : « Voilà, c'est bien ce que vous vouliez savoir ? »

Poliment, il ajoute, pour compléter l'information :

– Elle est gentille, elle nous fait toujours des grosses tartines.

La tentation de questionner. De demander « et qui vient vous border le soir, avant que vous vous endormiez ? » s'infiltre dans l'esprit de Maud. Elle retient la question à temps. Et constate seulement d'une voix égale :

– Je suis bien contente pour toi, Paul. Et... pour Emilie aussi ! Naturellement !

C'est lui qui prend ses distances.

... c'est elle qui déraisonne.

Peut-être, parce qu'avec le temps elle s'est mise à l'aimer vraiment. Sans fausse curiosité, ni compassion.

Et que l'amour, c'est avant tout ce désir simple, profond et féroce parfois, de vouloir à tout prix s'inscrire dans le destin de l'autre.

* * *

Le bruit d'une cavalcade qui dégringole l'escalier repousse Maud dans sa réalité, face à la porte du salon qui s'ouvre avec fracas, pour aller claquer contre les boiseries de vieux chêne. C'est Ottoline qui déboule, sans plus de précaution dans la pièce.

Elle est en avance. Libérée de ses versions latines. Dévorée d'impatience. Ottoline, un peu essoufflée, le rose aux joues. La masse blonde de sa lourde chevelure retenue mollement par un large ruban bleu.

Petite pouliche ardente... que l'on va emprisonner bientôt, elle aussi. Dès la rentrée en Angleterre. Dans un réseau dense de conventions et d'obligations. Dressée pour aborder la vie. Armée pour en souffrir le moins possible. Moins vulnérable que Paul !

... Maud ne se reconnaît pas toujours en sa petite-fille.

– Grand-mère, vous lui avez dit ?

– Non, pas encore. Je t'attendais.

– Alors... je peux ?

La fillette s'est emparée du bras de Paul, déconcerté.

– On va dans le bûcher. Allez, viens. Viens...

Passif, il se laisse faire. Tiré, poussé, intrigué quand même. Presque heureux d'être malmené et de devenir, pour un temps, un sujet d'intérêt. Il la suit, pendant qu'elle rit d'excitation. La petite main nerveuse d'Ottoline serre très fort le coude du garçon. Elle lâche vers lui un sourire triomphant :

– Tu verras ! C'est pour toi !

Le bûcher, Paul connaît. Les enfants en ont fait l'inventaire plusieurs fois, surtout les jours de pluie. Il donne sur une cour arrière et recèle outils et cartons, pelle, pioche et bêche pour le jardin. On y trouve aussi des caisses, deux paires de bottes, des paniers vides. Mais jamais jusqu'à présent, Paul n'avait remarqué la bicyclette verte posée à l'entrée :

– Voilà !

Dans un geste un peu théâtral, Ottoline désigne l'engin appuyé contre la paroi de bûches, soigneusement rangées les unes sur les autres :

– C'est pour toi ! Tu seras quitte d'aller à l'école à pied !

Les mains derrière le dos, le visage rayonnant, elle guette sur la figure de Paul le reflet de son propre enthousiasme. Mais le jeune garçon reste muet, le regard fixe, arrêté sur le vélo flambant neuf.

– Alors ?

Elle le secoue par le gilet :

– ... tu n'es pas content ? C'est un Condor ! C'est grand-mère qui l'a choisi !

Maud a rejoint les enfants :

– Laisse donc, Ottoline...

... elle s'interpose, calmement. Le bras affectueusement posé sur les épaules du garçon :

– Tu peux l'accepter, Paul. C'est pour toi. J'espère que tu aimes le vert !

Le gamin ne répond pas. Il fait un pas en avant, lentement, comme pour se dégager de la main féminine qui lui entoure la nuque. Ses yeux passent de la grand-mère à la petite-fille, posent sur elles un regard averti et résigné, puis il murmure :

– C'est pour moi… parce que vous partez ?

A-t-il remarqué les malles, déjà fermées, alignées dans le vestibule ? Maud soupire, curieusement soulagée :

– C'est un peu ça, Paul. Oui. Mais c'est aussi parce que nous t'aimons bien. Ce sera comme un souvenir, d'Ottoline et de… moi.

Paul n'écoute pas. Il effleure du doigt le cadre de l'engin. Caresse de la paume le guidon qui brille entre les poignées mates. Touche la sonnette, comme s'il avait peur de la faire fonctionner. Une sonnette ! Dans une sorte de flash, il entrevoit la tête effarée de Victor Favre : « Dis, tu me la prêtes, ta bécane ? »

Il se parle tout seul. Marmonne pour lui-même : « Elle voudra pas ! »

Dans la cage étroite de sa poitrine, le cœur de l'enfant pèse des tonnes. Il répète plus haut : « Elle voudra pas ! »

– Qui ne voudra pas, Paul ?

– Ruth ! Elle ne voudra pas que j'aie un vélo !

Maud réprime un mouvement d'impatience :

– Et pourquoi ? S'il le faut, j'irai lui parler. Avant de partir !

Avant de partir ? Elle n'en aura pas le temps.

A présent, Paul se tient sur la défensive. Les dents serrées. La lippe tremblante. Ses sourcils froncés se sont rejoints sous la frange de cheveux raides. Il se sent misérable.

Comment avouer, sans se perdre… qu'il ne sait pas aller à bicyclette ? Et qu'il n'a qu'une envie, que sa voix traduit faiblement :

– Je voudrais rentrer maintenant… je voudrais rentrer !

Il regarde les deux femmes comme s'il ne les reconnaissait pas. Elles sont là. Attentives, élégantes dans leurs robes estivales. Alliées dans une complicité dont il s'imagine exclu soudain… tellement différentes. Alors il les bouscule. Brutalement. Se précipite dans le corridor que la luminosité du dehors rend plus obscur encore. Heurte le pasteur, interloqué : « Hé, mon garçon… que se passe-t-il ? Il y a le feu quelque part ? »

Paul court.

Il court follement… Il s'enfuit. Sans rien voir. Etranger à tout. Il traverse la route, d'une traite, dans un tunnel de lumière. Se jette dans le chemin qui descend le pré, vers l'institut. Il va rejoindre un univers qui est le sien. Qu'il reconnaît. Dont il a éprouvé maintes fois l'indifférence et la dureté. Mais un univers qui était, aussi ! celui d'Anna.

Il est parti.

– Il n'a pas dit merci !

Ottoline déçue, chagrine, se frotte à la taille de sa grand-mère qui enroule son bras autour d'elle. Maud embrasse la fillette sur les cheveux. Tout près de la tempe où la peau est si douce :

– Ce n'est pas de sa faute, Ottoline. Il s'est senti agressé… différent.

– Qu'est-ce que ça veut dire ?

– Ça veut dire qu'il n'a pas besoin de nous remercier. C'est nous qui lui avons fait du chagrin.

– Pourquoi ?

– Parce que nous partons.

– … et le vélo ?

– On le lui fera porter. Avec quelques livres. Viens. Allons finir nos valises.

Maud retraverse le couloir, Ottoline à sa traîne.

La porte du salon est restée ouverte. La vision du grand piano à queue s'impose, noire et brillante, comme un cétacé d'un autre monde. Qui n'entrera jamais dans l'étroit cottage du Kent.

Une page se tourne.

Le concert est fini. Déjà.

« Je ne pensais pas que la vie était si courte, songe Maud. « En fait… on naît, on vit, on souffre… on meurt. Tout le reste n'est que littérature. »

***

Paul a pris possession de sa nouvelle chambre dans la mélancolie et l'insatisfaction. Troublé, dépaysé par le cadre inhabituel… Pénétré de l'intuition vague d'une sorte de fatalité dont il est incapable d'évaluer le terme et l'épaisseur. Son destin, pour l'instant, a emprunté le visage de Ruth.

Toute l'intendance passe par elle désormais.

L'humeur d'Emile B. s'en est retrouvée allégée. Alors que les liens entre Eulalie et Marie Huguenin se sont renforcés dans un front commun d'opposition et de grogne.

Paul et Emilie naviguent ainsi, entre les étages, d'une personnalité à l'autre, d'un local à l'autre, d'un climat à un autre. Le garçon dans l'attente de la rentrée scolaire. La petite, dans les larmes... parce que sa grand-mère lui manque et que sa vie d'enfant est jalonnée d'interdits.

Les « dames Schindler » sont reparties pour l'Angleterre.

Mais un jeune homme est venu du village de la part de Maud, apporter à Paul tout un carton de livres, que Ruth a confisqués aussitôt, pour « plus tard » !

On a laissé au garçon un Larousse illustré qu'il a posé sur sa table aux côtés de l'ammonite de Pierre-Michel. Il a été autorisé aussi à emmener sa petite charrette rouge, qui l'intéresse de moins en moins. Et, sous le lit, il a réussi à dissimuler le tablier bleu qu'il récupère le soir, à tâtons. Toutes lumières éteintes.

La chambre déteste Paul et il n'arrive pas à s'y faire. Les ramages du papier peint – un camaïeu de lilas – l'impressionnent particulièrement. Le matin, surtout... Quand l'aube le réveille et qu'il se découvre, à demi-assoupi, perdu dans une jungle de chrysanthèmes géants, avalé par les entrelacs de fougères dévorantes.

Les photos qu'Agnès a laissées au mur ne lui plaisent pas non plus. Elle l'effraient. Ces regards fixes et intolérants lui font peur. Il préfère le visage de sa mère tel qu'il lui apparaît encore parfois, dans sa tête. Même s'il s'estompe. De plus en plus brouillé. De plus en plus rare.

Il reste à Paul un divertissement : la fenêtre, qui s'ouvre sur les jardins et une partie du verger. Là, justement, où Rex a été entrevu il y a quelques jours.

Disparu depuis des semaines, le grand bouvier est revenu rôder aux abords de l'institut. Boitant sur trois pattes, à distance prudente de toute tentative de récupération.

– ... si je l'attrape, j'y fous une raclée ! clame Auguste en caressant sa ceinture.

Paul ne s'inquiète pas trop des menaces du domestique, car dans la voix de l'homme perce, sous le dépit, une sorte d'admiration pour l'énorme chien, sa force sauvage et sa folie d'indépendance.

Mais, tout au fond de lui, l'enfant a bien cru à la disparition de l'animal. L'imaginant gravement blessé, tombé d'un rocher dans les profondeurs d'une ravine, sa lourde dépouille abandonnée dans les fourrés, livrée aux rapaces et aux vers. « On devrait enterrer les bêtes dans la même tombe que les gens », pense-t-il incidemment. « Comme ça, ma mère ne serait plus seule, s'il y avait un chien ou un chat avec elle dans son petit jardin. »

... ainsi, l'on peut revenir d'une aussi longue absence ?

Paul en soupire d'aise et de soulagement. La réalité du fait apaise en lui, inconsciemment, l'appréhension de la séparation, la crainte de la mort...

minimisant le caractère irréversible d'un phénomène dont il pratique le rappel quotidien.

Un jour, peut-être, Madame Schindler, Ottoline, Agnès, Pierre-Michel réapparaîtront-ils alors… au bout du chemin. La main tendue et l'air heureux de le revoir, comme dans les livres.

Et puis, Rex de retour, c'est aussi un peu de la vie d'avant qui se manifeste. Quand Paul racontait à Ottoline les bêtes de la ferme, les chevaux, la mise bas des derniers veaux. Et que la fillette, à son tour, lui parlait de l'Angleterre et des Indes de l'oncle James.

Pendant ce temps-là, Pierre-Michel l'attendait dans la remise.

Maintenant… les écuries sont vides. Les poulains s'ébrouent dans le Long-Pré sur leurs jambes hautes et maladroites. Ils broutent, dans l'herbe du champ, à l'ombre des juments. Léon lui-même est parti chez sa mère pour quelques jours de vacances. Quant à Pierre-Michel…

il ne reviendra pas.

Avant longtemps.

Lalie l'a expliqué à Paul. Patiemment. Une étincelle de goguenardise dans l'œil et, dans la voix, une pointe de raillerie :

– Ma fi, qu'est-ce que tu veux… il a glissé sur la terre humide. Et il est tombé dans la forêt. C'est des bûcherons qui l'ont trouvé, au pied d'un sapin. Il était bien amoché. Il a eu de la chance ! Sans eux… il y serait encore.

L'ancien horloger s'est cassé la jambe dans des

circonstances un peu floues, rapportées à l'institut depuis peu. Conduit à l'hôpital de Bienne, « où il mène une sacrée vie », Pierre-Michel en a pour un bon moment.

Auguste ronchonne, parce qu'il aura double travail.

Marie Huguenin lève les yeux au ciel, faussement apitoyée.

Pendant que Lalie, dans le dos de Paul, mime une grande soif. Son pouce allant et venant dans sa bouche ouverte :

– Il a trop cherché le « dairi » !

Ces dames rigolent avec des petits cris, font des gorges chaudes. Jusqu'au moment où Paul quitte la lingerie, la mine attristée, la tête basse, pour aller jouer Dieu sait où. Alors, les deux servantes se taisent, penaudes. Comme si le gamin les avait prises en faute.

***

C'est le premier jeudi sans Ottoline.

L'école recommence dans quelques jours.

Paul est allé chercher dans sa chambre le cartable qu'il a ramené à la cuisine. Il en a sorti deux cahiers : calculs et dictée. Du papier kraft que Lalie a retrouvé au fond de son buffet leur fournira une couverture solide.

Paul s'affaire. Il essuie soigneusement l'ardoise qu'il a lavée déjà trois fois. Manie gravement les ciseaux que Marie Huguenin n'a prêtés qu'avec réticence. Et, sévère, il impose sa loi à Emilie, spectatrice admirative et frustrée :

– ... ça n'est pas pour toi.

A genoux sur un tabouret la fillette ne bouge pas, fascinée. Aucun des gestes de son frère ne lui échappe. Elle en déguste la nouveauté avec gourmandise. Depuis l'incident du verger, c'est la deuxième fois que les enfants passent l'après-midi ensemble.

Prudente, Lalie a séparé le frère et la sœur de la largeur de la table. Et debout à l'extrémité du long plateau de chêne, elle émiette machinalement de petits flocons de saindoux dans le cratère d'une haute pyramide de farine, tout en gardant la maîtrise de la situation.

De temps en temps, Paul jette un œil à Emilie.

Du haut de ses neuf ans tout proches, il fait l'important. Mais le visage potelé tourné vers lui sans rancune ne le laisse pas indifférent. Il constate même sans déplaisir qu'Emilie est presque aussi jolie qu'Ottoline. Avec, dans ses yeux ronds et bleus, quelque chose de plus doux, de moins hautain. Elle n'a que trois ans et demi.

Le garçon sent aussi que la petite le craint. A cause peut-être de la frayeur qu'il lui a causée en la blessant avec sa fronde. Et une sorte de regret germe en lui, qui ne doit rien à la peur des adultes.

Il comprend soudain que cette petite fille reste, avec lui-même, le seul témoin d'un temps qui ne reviendra pas, parce que révolu... Sa propre mère était la sienne aussi. Et la prescience de cette appartenance commune touche Paul tout à coup, fait lever en lui un sentiment fort et neuf qui l'émeut. Il se sent responsable de la mémoire d'Anna dont il lui incombe de défendre le souvenir après le départ d'Agnès.

Il devine aussi le danger de l'oubli qui les guette, Emilie et lui. La mainmise de Ruth qui cherche à les assujettir. Déjà, elle a demandé à la sœur de Paul de l'appeler « Maman ». Une démarche que le garçon a rejetée avec une fureur et une violence telles que personne, pas même le père, n'a osé insister.

– C'est pas vrai ! C'est pas sa mère !

A présent, Paul découpe un grand rectangle dans le papier brun.

– Tu vois, explique-t-il à Emilie, je vais dessiner un lapin.

D'un crayon appliqué, les yeux rivés sur la feuille, il trace deux ovales qui se rejoignent. Puis il ajoute à l'un de longues oreilles et, à l'autre, une petite queue ronde. Une astuce d'Ottoline, qui lui a appris de la même manière à recomposer la silhouette d'un chat, d'un mouton, d'une poule.

Emilie, ravie, est conquise. Son visage d'enfant s'est éclairé, son unique fossette s'est creusée. Elle répète docile, de sa voix haute : « Un lapin. Un chat. Un mouton… un petit mouton », tout en désignant du doigt le dessin correspondant.

Pour la première fois depuis longtemps Paul se sent enfin en accord avec lui-même dans la paix du grand local. L'apparente bienveillance de Lalie, la proximité d'un être plus jeune, vulnérable, l'incitent à un geste de générosité spontané... dû sans doute à ce moment de bonheur fugitif, qu'il ne sait pas interpréter. Un peu bourru, il se tourne vers la cuisinière :

– Tu crois qu'elle aimerait ma petite charrette rouge ? Je peux la lui donner... Viens, Emilie, on va en haut.

Mais un grand claquement de porte fige chacun à sa place.

La cuisine s'est ouverte sur Marie Huguenin. Suante, cramoisie, elle a le chignon de travers. Sur la hanche, comme déséquilibrée par le poids, elle retient un immense panier de draps à laver.

La lingère est mal lunée. Appuyée au chambranle de bois, elle glapit, désignant Paul du menton :

– J'ai changé son lit. Vous savez ce qu'il gardait par en dessous ?

Elle pose sa charge sur le carrelage. Puis, s'approchant du garçon, elle vient agiter sous son nez, comme un trophée, le tablier bleu. Taché, chiffonné, sucé, usé... le tablier d'Anna.

– Ça pue... c'est dégoûtant. J'espère bien que vous allez jeter cette saleté. Dieu sait ce qu'il a fait avec.

Dans la vaste cuisine, tout bruit s'est tu.

Marie Huguenin a écrasé du revers de la main les gouttelettes de sueur qui perlent à ses tempes.

Lalie s'est arrêtée de pétrir sa pâte.

La petite Emilie s'est recroquevillée sur son siège.

Paul s'est dressé comme un pantin, ses yeux étrécis dans un masque aux lèvres grises :

– … c'est à ma mère, le tablier.

Dans sa voix, la revendication se mêle à une sorte de sanglot :

– C'est à ma mère. Rends-le moi.

Il répète, puis il crie :

– Rends-le moi ! Rends-le moi…

En même temps il se précipite sur Marie Huguenin. Cherchant à récupérer ce qui n'est plus qu'un torchon, qu'elle tient haut levé, hors de portée du gamin qui danse un étrange ballet autour d'elle. Il saute, il trépigne, il pleure sans larmes. Il frappe la lingère de ses poings durs et fermés. Tambourine de rage contre le dos et la poitrine de la femme, interdite.

Elle ne comprend rien. Tendue, prête à gifler l'enfant égaré :

– … mais, qu'est-ce qu'il a ? Il est fou ?

Apeurée, Emilie s'est mise à pleurer à son tour, les paumes plaquées sur ses yeux fermés.

Alors Lalie essuie ses mains enfarinées à la serviette qu'elle garde coincée sous la ceinture de sa jupe. Puis elle s'approche lourdement de la petite fille qu'elle prend contre elle. Fermement elle la serre contre son giron : « Viens Mimi. Ce n'est rien ! » Puis, lassée, elle dévisage Marie Huguenin, bien en face :

– Vous êtes bouchée ou quoi ? Ce tablier, c'est tout ce qui lui restait de sa mère ! C'est malin… écoutez-le ! On n'a pas fini avec lui.

Paul s'est lancé dans le couloir comme dans un puits, en hurlant. Un hurlement qui n'en finit pas de se heurter aux murs, aux montants des fenêtres, à la serrure des portes. Comme un vent qui gémit : «Je vais te brûler, Marie Huguenin ! Je vais te brûler ! »

Un hurlement libérateur. De hargne, de douleur.

Qui se perd entre les étages. Cassé par l'écho. Mangé par la distance. Et que bientôt on n'entend plus, avalé par l'extérieur.

* * *

Paul a disparu.

Il demeure introuvable.

Personne ne l'a plus aperçu depuis la fin de l'après-midi.

Les domestiques ont trait les bêtes, sans remarquer une quelconque présence de l'enfant aux alentours des écuries. Comme cela arrive lorsque rien ne le retient ailleurs.

Sur la table du souper, son bol de lait est resté plein. Une peau blanche et moirée s'est formée, qui se ride lentement sur les morceaux de pain trempé, dont le gamin raffole.

A huit heures, n'y tenant plus, Eulalie est sortie sur le perron, le cœur oppressé. Le tablier relevé, retenu à la taille. Elle a appelé, hélant le garçon, la tête levée vers le ciel rose. Les poings sur les reins :

– Paul ! Pau-aul ! Paul-heu !

En vain.

Avare d'indices, la cour est restée vide. Muette.

Marie Huguenin a fait alors le tour de toutes les salles d'eau et lieux d'aisance de la maison. Sans succès.

Une fois les vaches relâchées pour la nuit, Auguste, lui, est allé voir du côté de la remise de Pierre-Michel Nicolet. Là, rien n'avait changé. Tout était soigneusement « loqué ». La clé cachée derrière le haut du volet, au sommet de l'escalier donnant sur le logis. Comme à l'ordinaire.

Il y avait bien quelques allumettes mêlées par terre à un peu de sciure, après avoir été craquées… mais elles s'étaient éteintes d'elles-mêmes. Comme si elles n'avaient pas eu la force de se consumer.

« Mon Dieu, merci ! » pense Lalie qui s'exclame :

– … il ne doit pas être loin !

La cuisinière, qui ne s'assied jamais dans la journée, s'est affalée sur un tabouret, ses mains inactives sur les cuisses. Elle ignore le verre de rouge, bu à moitié, qu'elle a laissé sur le bord de l'évier. Ses larges hanches débordent le siège de chaque côté, comme les paniers d'une crinoline.

Elle bougonne : « Vous avez fait du joli », sans regarder Marie Huguenin. Celle-ci se rebiffe :

– Dites, je ne pouvais pas deviner ! On ne me dit jamais rien dans cette baraque !

Radoucie, elle suggère :

– Et au village ? Il est peut-être allé chez le pasteur ? Pour avoir des nouvelles… des « dames » ?

Lalie hoche la tête. Indécise.

De la cuisine, on entend maintenant frapper neuf coups, bas et lointains. C'est la pendule de la « belle chambre ». Celle où l'on ne va jamais, sauf aux fêtes et aux enterrements, dans les relents de l'encaustique et les parfums de l'amidon.

Neuf heures !

Rien ?

Rien.

– Où est Ruth ?

– Couchée, en haut. La petite aussi.

– Bon. Eh bien moi, je vais avertir son père.

Lalie s'est levée, résolument. Quand elle est préoccupée, les coins de sa bouche retombent dans le visage empourpré, accompagnant les bajoues dans le relâchement des chairs. La journée a été harassante. Lalie ressent des élancements dans les jambes. Son dos, crispé, lui fait mal. Mais… en cet instant, c'est l'angoisse qui l'étreint tout entière.

Le père de Paul et la cuisinière entretiennent – dans le non-dit – des rapports de force équilibrés. Elle ne le craint pas. Il l'apprécie pour sa rigueur et sa détermination. Pourtant, le cœur d'Eulalie ne peut s'empêcher de battre plus fort au moment où elle frappe à la porte close, qu'elle pousse ensuite sans plus de cérémonie.

Emile B. est assis à sa table à écrire, comme tous les soirs où il travaille seul et tard. Un filet gris monte tout droit du mégot de cigare agonisant dans une vieille soucoupe. Il fait excessivement chaud dans la petite pièce qui empeste la fumée, et sur le seuil de laquelle la femme s'est figée dans l'appréhension. Les yeux attentifs.

Dans le bureau, l'ameublement est réduit à l'essentiel. Des papiers en désordre, des dossiers s'entassent sur une chaise. Et sur les murs, les photographies de chevaux sont plus nombreuses que celles des enfants.

De chaque côté d'une étagère chargée de livres, deux séries de clichés présentent, en effet, de haut en bas, les étalons qui ont gagné des concours ces dernières années. Le directeur de l'institut est un éleveur reconnu. Les trophées, les médailles disposés dans une vitrine en sapin en témoignent.

Emile a fait pivoter son fauteuil de notaire.

Du regard, il interroge son employée : « Alors ? ».

Eulalie n'aime pas cet endroit où elle ne met les pieds que pour parler intendance ou produits de la ferme. Mais elle aime encore moins ces yeux bleu glacier, globuleux, qui la dévisagent, peu amènes. Pourtant le temps presse. Et il en faut plus pour la désarçonner. Alors, elle annonce, laconique :

– C'est à propos de Paul… Il a disparu.

Surpris, l'homme accuse le coup. Il se tait. Se voûte une seconde. Ce n'est pas ce qu'il attendait. Puis il se redresse en faisant grincer son siège :

– Il a… disparu, depuis quand ?

– … il n'est pas venu manger.

– Où l'avez-vous cherché ?

– Partout, ici. Sauf au village.

– Et dans la grange ?

– Aussi.

Le père de Paul s'est levé rapidement malgré sa corpulence. Fort, rougeaud, c'est un grand gaillard qui dépasse Eulalie d'une bonne tête, épaisse, à la nuque puissante de gymnaste.

Il se saisit d'une canne dans le porte-parapluie :

– Dites à Auguste et Ernest de préparer les lanternes. Il faudra peut-être chercher sur les bords de la Suze.

La rivière!... Paul, inerte, que l'on ressort de l'eau, inconscient. Lalie n'y avait pas pensé. La peur, soudaine, se fiche en elle. Dure et froide, comme l'épée. « Mon Dieu! pas ça... »

Le directeur a décroché le téléphone, fixé à l'entrée de son bureau. La cuisinière l'entend demander un numéro à l'opératrice. Celui du médecin, au village.

Tourmentée, à peine rassurée, Lalie regagne sa « forge ».

Maintenant, son inquiétude est partagée.

***

Dans le soir qui est tombé, voilà Paul, tout seul.

Entièrement livré à lui-même. Démuni de tout. Dans la rage de sa fuite, il a même oublié sa casquette.

Héroïsme et colère vont souvent de pair. Or, au fil des heures, la révolte de l'enfant s'est amenuisée à mesure que grandissaient sa tristesse et ses tourments.

Il n'est pas perdu, cependant.

... car de l'endroit où il est assis, il peut encore

distinguer facilement les contours de l'institut. Sous un angle inhabituel, il est vrai. En plissant les yeux – malgré l'heure tardive – il peut apercevoir la fenêtre de sa chambre. Comme un petit carré noir et méchant, tout à l'extrémité du bâtiment.

De loin, d'ailleurs, les écuries, la grange, les classes – dont on ne devine que le toit – ressemblent à un grand jeu de constructions. Cubes, plots et annexes, réunis les uns aux autres dans la pénombre. Avec des reflets, des rectangles qui s'allument, orangés. Puis s'éteignent… La lumière passant d'un étage à l'autre, témoignant de l'activité quotidienne. Promesse d'une vie proche encore, à laquelle il ne participe pas. De laquelle il s'est volontairement retranché.

Alors, dans le sein de Paul, quelque chose se serre… de plus aigu que la rancœur.

La température a fraîchi petit à petit, dans l'obscurité qui est descendue lentement. L'estomac de l'enfant quémande une pitance qu'il ne peut lui accorder, lui rappelle qu'il n'a plus rien mangé depuis la pomme du goûter.

Quand le clocher proche aura sonné neuf coups, il fera complètement nuit.

… et Paul aura faim et froid.

Du bruit se fait entendre maintenant au bas du Long-Pré. Il semble qu'un regain d'animation se manifeste du côté de l'institut. De loin… on entend vaguement des interjections, des éclats de voix. De petites lueurs falotes s'agitent, comme des lanternes ou des lampions.

Serait-ce que l'on recherche Paul ?

« Je ne reviendrai jamais ! » se promet-il, obstiné. Pourtant, sans le support de son emportement, son entêtement se dénoue… Faisant place à une petite peur irraisonnée.

… peut-être va-t-il prendre froid ? Contracter la grippe ? Peut-être va-t-il mourir, lui aussi ? Une perspective qui ne plaît à Paul qu'à moitié. Et que démentent heureusement l'effervescence de son corps, la rumeur de son sang, la force de son pouls qui bat dans la gorge.

Il pense à Emilie.

Et il se dit qu'il aimerait mieux tomber malade, tout simplement. On le conduirait à l'hôpital de Bienne où il retrouverait Pierre-Michel Nicolet. Et tout serait de nouveau comme avant.

Cette hypothèse rassure Paul, et l'occupe un moment. Puis il bâille. Il se sent fatigué, engourdi. La faim le taraude. L'humidité a pénétré ses vêtements, s'est collée à ses membres.

Il ne voit plus grand-chose, même si ses yeux écarquillés se sont peu à peu habitués à l'obscurité ambiante. Ce lieu lui est familier… de jour ! Mais son aspect nocturne le déconcerte et le surprend.

Il sait aussi que dans sa poche ne restent que des billes et de la ficelle. Plus d'allumettes. Toutes ont été grillées au bas de l'escalier de la remise. Dans un geste provocateur dont il mesure à présent seulement toute la légèreté.

Alors il se relève, trébuche, ankylosé. La nuit l'enveloppe d'une couverture immatérielle au travers de laquelle il est bien agréable de se mouvoir. Le garçon lève un bras, une jambe, qu'il devine plus qu'il ne les aperçoit. Un peu de gravier roule sous sa chaussure. Autour de l'enfant des bruits naissent, se matérialisent. Il semble qu'on le frôle. Des feuilles tombent de nulle part, dont il perçoit cependant le froissement, le souffle.

Peu rassuré soudain, il se rassied en tâtonnant. La pierre sur laquelle il s'est installé est tiède encore du soleil emmagasiné dans la journée. Mais cela ne durera pas. Il bâille de nouveau. Il a sommeil. Comment va-t-il passer cette nuit?

Et peut-on s'endormir sur des fleurs?

Les fleurs qui ornent la tombe d'Anna?

... car c'est bien vers sa mère que l'enfant a cherché refuge. De ses mains, il touche la stèle. En reconnaît la rugosité sous les lettres de bronze qui composent l'inscription. Des doigts, il suit le contour des chiffres : 1890 – 1918.

Au pied de la pierre s'épanouit le petit églantier qu'Agnès et lui ont planté l'an passé. Il pique ! Paul se recule un peu... Puis, doucement, comme on se couche, il se laisse aller en arrière au milieu des pensées et des marguerites.

Ce n'est pas le confort, ni la sensation qu'il imaginait. Mais, les mains sous la nuque, les pieds sur la bordure de granit, il laisse venir le ciel qui se renverse sur lui.

« Où est Dieu, dans cette immensité ?
Et de toutes ces étoiles si lointaines, comment reconnaître celle d'Anna ? »

La terre n'est ni froide, ni rétive à qui se confie à elle. Et sous l'échine de Paul, il semble qu'elle fourmille de vie.

Sa mère est là. Il en est sûr. Il en a soudain la conscience et la conviction.

Alors il ferme les yeux très fort. Bannissant de son esprit toute image vile : la dégradation des corps, le pourrissement des chairs. Refusant toute idée de mort. Car en lui s'impose, comme une révélation, l'assurance que sa mère est vivante parce qu'elle vit en lui. Eblouissante évidence : aussi longtemps qu'il vivra, elle vivra aussi. Et personne, pas même Ruth, ne pourra la lui enlever.

Définitivement apaisé, Paul se tourne sur le côté. Se roule en boule sur le jardin d'Anna, qui est juste à sa grandeur. Comme un lit. Maintenant, il peut s'assoupir tranquille.

« Il faudra que j'explique ça à Emilie... »

Plus rien, jusqu'au froid de l'aube, ne réveillera Paul.

Ni les grilles du cimetière qui s'écartent à petits coups... dans la plainte de leurs gonds rouillés, sous la pression d'une truffe humide et fraîche.

Ni la forme massive et trapue qui s'avance vers lui, en jouant des hanches, pour venir le flairer et le renifler.

Ni le grand corps qui s'allonge, pesamment, à ses côtés. Dans un soupir de paix, irradiant la chaleur de sa fourrure.

L'enfant s'est endormi dans la certitude du juste.

***

Paul plane à un mètre cinquante du sol.

Un centaure l'emporte. Dont il ressent au travers de son corps le tressautement des muscles et l'odeur forte de la peau.

Un battement sourd, étranger au rythme de son propre cœur résonne au creux de sa poitrine. Des bras puissants le soutiennent. Son visage est enfoui dans le nid d'une épaule large, profonde… où il aimerait se perdre et dormir, dormir. Dormir encore.

Des voix parlent autour de lui. Dont il reconnaît les inflexions sans en saisir le message. Il essaie d'ouvrir ses yeux lourds. Mais une bouche, juste au-dessus de lui, laisse tomber : « Ttt… ttt… ttt… Reste tranquille ! » Alors il repart dans sa somnolence, parce qu'il ne peut lutter, emmenant dans ce demi-sommeil un regard qui ressemble à celui du père.

C'est un rêve… Le voyage est long. Il dure. Le coursier descend, descend. S'arrête avec son fardeau. Remonte. S'arrête encore.

Cette fois des portes claquent. Des exclamations s'éparpillent : « Enfin ! Où était-il ? Au cimetière ?… Mon Dieu ! »

Une femme proteste :

– Ah ! Non ! Pas le chien !

Maintenant on monte des escaliers. Il semble que les grands bras faiblissent. Paul s'y agite, s'y retourne. S'y blottit :

– Ah ! Mon gaillard... tu deviens lourd. Presque autant qu'un sac de pommes de terre !

On dépose l'enfant sur une surface fraîche, un peu rugueuse. Son lit ? Ses draps ?

Une voix d'homme intervient :

– Vous le changerez plus tard ! Maintenant il faut le déshabiller et le frictionner !

Le docteur !

Paul bat des paupières. Il entrevoit le visage défait de Lalie. Elle l'a empoigné comme un bébé. Il se laisse faire, pendant que la vie revient en lui, sous la main rêche et énergique qui l'enduit d'huile camphrée.

Il se regimbe, la langue épaisse :

– Ça sent mauvais !

Quelqu'un rit : « Ça va, il est bon ! »

Paul ouvre les yeux.

Le père s'est approché de lui. Il a tombé la veste. Sa chemise sans col est ouverte à ras d'un cou solide et buriné. Ses bretelles larges et claires tranchent sur le tissu rayé. Il incline sa grande carcasse au-dessus de son fils et son haleine de fumeur baigne le visage de Paul qu'il n'embrasse pas. Il chuchote simplement quelque chose à l'oreille de l'enfant. Des mots articulés très bas, que le garçon est seul à entendre. Sans être bien sûr de les comprendre :

– … moi aussi, je l'aimais…

Puis Emile se relève, se redresse. Avance sans se presser vers la porte, de son pas lourd qui fait craquer le plancher :

– Il y a une bicyclette en bas, qui attend son propriétaire ! Tu tâcheras de t'y mettre. Ça te réveillera !

Auguste, qui est là aussi – depuis quand ?… quitte la pièce à son tour. On l'entend qui parle, déjà dans l'escalier : « C'est plus la peine d'aller se coucher ! Je descends à l'écurie. »

Les draps frais dégagent une odeur de savon, de foin.

Paul se laisse aller dans la tiédeur de la couette. Ses bras, ses jambes n'ont plus de fin, se prolongent, se liquéfient. Ses paupières s'abaissent, pesantes… sur Lalie qui va et vient, ses vêtements à la main.

Silence. Dans le calme ouaté, une femme interroge, perplexe :

– … je me demande bien ce qu'ils vont en faire de ce gamin, plus tard ?

Alors Paul se détourne, le corps ramassé sur le côté, abandonné déjà à la longue errance des songes. Et la voix endormie, il marmonne. Pour lui-même, et pour le monde entier :

– … plus tard… je serai anarchiste !

Achevé d'imprimer le 25 octobre 1996
sur les presses de l'Imprimerie
Corlet 14110 Condé-sur-Noireau
pour le compte des Éditions de l'Aire,
15, Rue de l'Union à Vevey (Suisse).

Imprimé en France

Cet ouvrage a été composé
dans les ateliers d'Infoprint.